夏

Sommer
Hermann Hesse
A Series Edited by Ulrike Anders

黑塞四季诗文集

[德] 赫尔曼·黑塞/著绘

[德] 乌尔丽克·安德斯/编

楼嘉/译

浙江文艺出版社

Zhejiang Literature & Art Publishing House

§
迎向夏天

　　我从睡梦中醒来，起床时天气已经转好。温和的东风掠过深蓝色的湖面，吹出银色褶皱，波光粼粼，梨树树冠上花朵盛开，在浅蓝色的天空下欢快而骄傲地挺立着，明亮的蓝色映在井槽内和乡间道路上几乎干涸的小水洼中。在我家窗户正对的小教堂里，神职人员正忙着准备五月的圣母敬礼仪式。邻居想翻修扩大他的马厩，临时腾出来的那块用作木工的地方，沐浴在温暖灿烂的阳光下，白色的杉木闪闪发光，散发出欢乐和节日的气息。

　　我的小船依然被闲置在棚子下面，就像冬季里那样，尚未重新修理、刷漆和准备好出航，这件事一直搁在我的心头。眼下这些晴好的日子一直诱惑我去湖上航行，我无数次咒骂自己的懒惰，同时又痛苦地感到后悔，然而，因为懒惰和对天气的疑虑，翻新工作拖了又拖，真是惭愧。邻居们每次看到我的船还停在棚子里，就遗憾地看着我，咧嘴笑笑。现在是时候了，我决定今天就动手。

　　颜料已经准备好了，我只需要把它们和亚麻籽油

1

混合在一起，很快刺鼻、辛辣的油味就会在屋子里弥漫开来。我系上大围裙，开始清洗船体和船桨，然后再刷上新漆。沉甸甸的、浸满油漆的宽笔刷在木板上划过，颜料溅得到处都是。如果写文章也能这样有趣就好了！鸡咯咯地叫着，两只小狗在一旁打架，我的油罐岌岌可危，孩子们也来围观。邻居们经过时都笑着喊道："总算?"

通常情况下，人们会把现代的休闲船只漆成浅棕色或淡黄色，就像办公家具一样。但我的小船必须看起来更漂亮才行，所以我给它漆上了更显古老、传统、热烈的绿色和猩红色，船桨和配件也同样如此。桨板必须用红色，没有其他颜色能与水的蓝色或绿色产生如此欢快生动的共鸣。

就这样四个小时、五个小时过去了，我满怀热情地给小船刷上涂层，这一天做这一件事似乎就足够了。只消几天，就可以井然有序地完成工作，那时我会让两头角上戴着花环的母牛牵着小车，载着小船来到湖边，然后我将独自静悄悄地开始今年的第一趟划船旅行，正如往年，这是充满无声荣耀的日子，充满奇妙四溢的回忆。

对我来说，真正的夏季有三样东西是必需的：灼灼发亮、果实累累的黄色玉米地，高大、凉爽、寂静的森林，以及划船的日子。划船的日子！我回忆着那些日子，当湖泊和山脉被耀眼的蓝天覆盖，当空气因炎热而颤抖，木质的船体因烈日直照而噼啪作响。于是你必须半裸着身子，戴上宽大的遮阳帽，划行穿过耀眼的海湾，并且时不时地在岸边茂密的灌木丛中停下来，游游泳或休憩一下。我也想起了在阴天划船的日子，云层低压的苍穹下，迎着清凉的微风，在一片银亮中一连航行几个小时。还有那些日子，我气喘吁吁地在热气蒸腾的黑色水面上飞驰，逃离忽然从山间爆发的雷暴。一瞬间，明晃晃、团絮状的泡沫在昏黑的湖面上急剧奔跑着，狂风呼啸，激起了针状的水花，急促的闪电在热烈但令人胆寒的闷热空气中发出苍白和抽动的光芒。

一切都再次到来：夏季，玉米地的光芒和树林的凉爽，芦苇滩上温柔的晚霞，在正午蓝色光芒中的火热的航行，以及壮丽、洗涤灵魂、轰鸣的雷暴。我们总听人们说，春天是一年中最美丽的季节。但最美的是对夏天的期待。当夏季来临，统治一切，太阳和大地在爱与恨中交缠，人们很快就忘记了那温顺柔和、充满渴望的春季。春日的温暖变成了炎热，与人更加亲近，大雨更加狂野有力，白天更加辉煌耀眼，夜晚更加幽蓝。栗子树以不可思议的饱满和富丽，点着白色和红色的花烛；茉莉花挥霍着甜美、炽热的香味，令人陶醉；茂密的谷物褪去绿色，变得沉甸甸、金灿灿，在数十万根茎秆上快乐地沙沙作响；在潮湿的黑森林中，地面发酵，将无数色彩斑斓的植物抛向光明。到处都有一种炽烈、狂野、迷醉的生命热潮在悄悄颤动着。因为夏季，真正的夏季是短暂的，不等田野发出更加金黄的光芒，稻穗发出更饱满、更深沉的沙沙声，它们就要迎接镰刀以及热火朝天的收获比赛了。

所有这些都再次到来。在翠绿的森林中，布谷鸟不知疲倦的叫声响彻山谷，牧场很快就成熟了，预备第一次收割，茂盛的深色三叶草摇曳着，苗田里泛着嫩绿的光泽。在森林的边缘，白色的五月花在宽大的叶子下闪烁，硫黄色的油菜花在宽阔、条带状的田野上绽放。

这时，我们从成人又变回了孩子，生活又变成了奇迹，每天都给我们带来意想不到的新东西，每一次草地上的小小散步都变成了惊喜和童话。夏天快到了，那是慷慨盛大的时节，是谷物成熟的日子，是一个个雷雨交加的夜晚。开始吧，我已经准备好再次经验那

些闻所未闻的事物，见证丰饶和繁华的盛况，我不想
在农夫过早地用花冠装饰马车或者贪婪的镰刀在成熟
的谷物中唰唰划过之前，错过一天或哪怕一个小时！

（1905）

§
初夏的夜晚

天空中响起雷声，
花园里立着
一棵颤抖的菩提树。
天色已晚。

远天一道无声的闪电
倒映在池塘里
像湿润而巨大的眼睛
看着苍白的自己。

在摇摆不定的茎上
花团锦簇，

听到好似磨砺镰刀的声响
从远处传来。

天空中响起雷声，
空气沉闷。
我的女孩在颤抖——
"告诉我，你也感觉到了吗？"

§
旅行之歌

阳光照亮了我的心，
风吹散了我的忧虑和抱怨！
我不知道世上是否还有更深刻的幸福，
能比得上置身广阔的天地之中。

退潮后，我开始奔跑，
阳光会炙烤我，海水会冷却我；
为感受我们地球的生命，
我像迎接节日一样打开我所有的感官。

因此，每一个新的一天
我会认识新的朋友，新的兄弟，
直到我不带痛苦地赞美所有力量，
愿所有的星辰都是我的客人和朋友。

§

山口

风从这条无畏的小路上吹过，这里的树和灌木已被人遗忘，石头和苔藓在这里孤单生长。没人会来这里探索，没人在这里拥有产业，在这么高的地方，农民也不来割草或伐木。但远方充满了吸引力，向往是炽烈的，它在岩石、沼泽和雪地中开辟出这条美好的小路，通向其他山谷、房屋、语言和人民。

我在山口顶部停下脚步。道路随着地势向两边下斜，水流也向两边流淌，在这高处，原本近在咫尺、紧密相连的东西，却各自找到了路径通往两个世界。有一摊积水，沾湿了我的鞋子，向北流去，流入了遥远而冰冷的大海。在它近旁的少量残雪融化后滴落向南方，流向利古里亚或者亚得里亚海沿岸，然后汇入以非洲为边界的大海。地球上所有的水最终都会找到彼此，北冰洋和尼罗河在潮湿的云层中交融。这则古老而美丽的寓言让这一刻变得神圣。对我们这些漫游者而言亦然，每条路都能通往家园。

我的目光仍有选择的余地，北方和南方尽收眼底。但当我走至五十步开外时，呈现在我眼前的就只剩下南方了。从幽蓝的山谷中，大自然神秘地将它的气息由南吹向北方。我的心跳动着与之呼应！对大海和花园的预感，随风而来的葡萄酒和杏仁的香气，唤起了我关于罗马朝圣之行中古老、神圣传说的追思。

从我的青年时代起，记忆就像来自遥远山谷的钟声一样时常响起：我第一次南下旅行时的陶醉，在湛蓝的湖边沉醉地呼吸着花园里草木浓郁的气息，在黄昏时分，站在苍茫的雪山上聆听遥远的故乡！在古老神柱前的第一次祈祷！第一次看到褐色岩石后泡沫般的、如梦似幻的大海！

陶醉的感觉不再，向我所有挚爱之人展示美丽远方和幸福的热望不再。在我心中，春天已经过去，夏天来临。陌生人的问候在我听来都变得不同，它在我胸中激起的回音变得更平静。我没有把帽子扔向空中，也没有歌唱。

我微笑着，不仅用嘴，也用我的灵魂、我的眼睛、我全身的肌肤。我向这片芬芳的土地倾注了和以前不一样的感官，它们更细致，更平静，更敏锐，更久经历练，也包含更多感激之情。与当初相比，在当下这一刻，这一切更归属于我，它们带着百倍的精细向我言说更丰富的内容。我狂热的渴望不再给朦胧的远方涂抹梦幻般的色彩，我的眼睛满足于现有的东西，因为它们已经学会了观看。从那时起，世界已变得更加美好。世界已变得更加美好。我是孤独的，但并不因孤独而痛苦。我不期盼别的。我已准备好接受阳光的炙烤。我渴望变得成熟。我已准备好死亡，准备好重生。世界已变得更加美好。

（摘自《漫游》，1918—1919）

§

夏日远足

广袤的金色麦海
在成熟的茎秆上随风起伏。
钉马掌和磨镰刀的声响
从远处村庄传来。

温暖、香气馥郁的时光！
在炙热阳光下
金色的潮水在摇摆
成熟，等待收割。

我这个人间的异乡客
却找不见朝圣的路，
当收割者走近我，
是否会发现我已成熟？

§
蓝蝴蝶

扑打着翅膀
小小的蓝蝴蝶被风吹起，
像一阵珍珠母之雨，
闪烁，摇曳，消逝。
就像眨眼的瞬间，
就像风吹过时
我看到幸福在向我呼唤，
闪烁，摇曳，消逝。

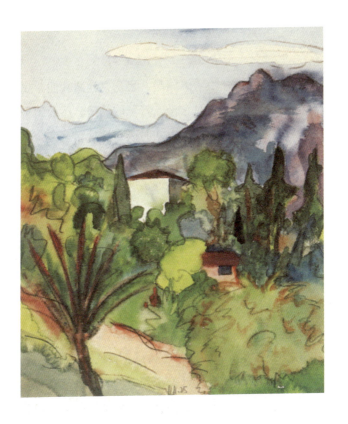

§

　　我从八九岁开始采集蝴蝶，起初，就像其他游戏和爱好一样，我并未对它投入特殊的热情。然而到了第二个夏天，在我大约十岁的时候，这项活动完全俘获了我，成了我的酷爱，好多次人们不得不禁止我继续，因为我因此错过甚至忘记了周围的一切。不管是去上学还是吃午饭的路上，只要我把心思放在蝴蝶上，耳朵就听不到塔楼的钟声。在假期里，我经常带着植物学罐子，里头放上一小块面包，从早到晚地在外面跑，到了吃饭时间也不回家。

　　现在，每当看到特别美丽的蝴蝶时，我仍时常会感受到同样的激情。有那么一瞬间，那种无法名状、不知足的着迷之情会突然袭来，只有孩子们才能感受到这种着迷，我小时候就是带着这种着迷偷偷靠近我的第一只凤尾蝶。然后我会突然想起童年的无数瞬间和时光，在干燥且散发着浓烈芬芳的草地上度过的光芒闪烁的午后，在花园里凉爽的清晨时光，或在充满神秘的森林边缘度过的傍晚，我像一个寻宝者一样拿着捕虫网埋伏以待，时刻准备好迎接那种无与伦比的惊喜和快乐。随后，当我看到一只美丽的蝴蝶，它甚至不必特别罕见，停在阳光沐浴下的花茎上，随着呼吸上下扇动它彩色的翅膀时，狩猎的欲望让我屏住了呼吸。我悄悄地靠近，近到可以观察到每一个明亮的色斑、每一条晶莹的翅脉，以及触角上每一根细密的褐色茸毛时，我体会到一种激动和狂喜，这种温柔喜悦与狂野欲望掺杂混合的心情，我在那之后的生活中很少再感受到。

（摘自《天蚕蛾》，1911）

§

蝴蝶

一阵心痛向我袭来，
当我穿越田野，
我看到一只蝴蝶，
浅白深红，
飞舞在蓝色的微风中。

是你啊！在孩童时代，
世界还像清晨般清朗

天空还距离我们很近，
那是我最后一次见到你
舒展美丽的翅膀。

你这绚丽柔和的飘舞，
从天堂来到我身旁，
我一定显得拘谨，充满羞愧
在你深邃神圣的光辉面前
带着怯弱的目光站着！

被驱使到田野中
浅白深红的蝴蝶，
当我如做梦般继续前行，
来自天堂的宁静光芒
伴我身旁。

§

六月

干草已经成熟了，闻起来很香
去吧，高兴地加入吧：

在我们的生命里，没有哪一年
会像过去这一年这样美好。

§

七月

在花园的篱笆边伸个懒腰，
让你的心倾听夏天的声音！
那一天不请自来，
那时第一批镰刀沙沙作响。

§

八月

留意这个收割者，
他很恼火。
心中有数，你也一样
总有一天会被收割。

§

　　这也许是我所经历过的最繁茂的六月，而且很快又会有另一个相似的六月到来。在村子街道的一旁，表兄家门前的小花圃芳香四溢，鲜花纵情开放；粗壮饱满、高高挺立的大丽花掩盖了破败的栅栏，长出了肥硕圆润的花蕾，从花蕾的裂隙中，黄色、红色和紫色的娇嫩花瓣探出头来。桂竹香热情洋溢地燃烧着，呈现出蜜褐色，散发着放纵而热切的气味，似乎它很清楚自己距离不得不败落的时刻已经不远了，必须为密密麻麻的木樨草腾出空间。挺拔的凤仙花做沉思状，静静地直立在粗壮的、玻璃质感的茎秆上，还有细长而梦幻的鸢尾花，肆意盛开着的欢快而鲜红的野玫瑰丛。你几乎连一个手掌大小的地面都看不见了，仿佛整个花园只是一个从太过狭小的花瓶里涌溢而出的五彩缤纷的大花束，在花束边缘，玫瑰花丛中的金莲花几乎要窒息了，而在这团炫耀、喷薄的火焰中央，头巾百合巨大而茁壮的花朵，肆无忌惮地热烈绽放着……

　　两个星期以来，炎热蔚蓝的天空笼罩着大地，早上阳光灿烂，天朗气清，下午，低空总是回绕着缓慢增长的拥挤云团。夜里，雷雨由近及远，渐渐减弱，

16

但每天早上，当人们醒来时——耳边仍有雷声——阳光明媚，高空蔚蓝闪耀，已经完全浸浴在光与热之中。我心生愉悦，不紧不慢地开始了我的夏天生活。干旱的田间小路熠熠生辉，我沿着它踱步，穿过高大发黄的穗田，它们呼吸之间散发出温暖的气息，矢车菊、豌豆、玉米和旋花笑盈盈的；之后，我在森林边缘的高草丛中长时间休憩，在我的上方，金色的甲虫闪烁，蜜蜂的歌声飘荡，树枝静悬在高远无风的天空中；临近傍晚时分，我穿过阳光下飞扬的尘埃和泛红的金色田野，穿过充盈着成熟、困倦的空气和奶牛渴望的哞哞声，愉快而慵懒地步行回家；最后，在直至午夜的这段漫长而舒适的时间里，我或独自在枫树与菩提树下，或与一些熟人在金色的美酒中沉醉。在温暖的夜里，我们心满意足地闲聊着，直到远方的某处开始打雷，在轰鸣的阵风中，第一滴雨从空中缓慢而妖娆地落下，沉重而柔软，悄无声息地落入厚厚的尘土里……

我比以往任何时候都更舒适。我静静地、缓缓地漫步于田野和草地之上，穿过谷物、干草和高大的铁杉，或一动不动地躺着，像蛇一样在美好的温暖中呼吸，享受这被寂静笼罩的时光。

还有那些夏天的声音！那些让人感到美好或悲伤的声音，我曾如此喜爱：持续到午夜过后的无休止的蝉鸣，让人完全沉醉其中，就像凝望大海——就像麦穗起伏时发出饱满的沙沙声——就像蛰伏在遥远处持续不断的轻雷声——就像傍晚时分，蚊子成群结队，令人激动的镰刀声传向远处——就像晚间，将万物吹鼓的暖风和突降的暴雨热烈的拍打声。

　　在这短暂而壮观的几周里，万物更热情地绽放、呼吸，沉浸在更深刻的生命中，散发出更浓烈的气味，更满怀渴求和深切地燃烧着！菩提丰富的香味在整个山谷中温和地弥漫开来，在疲惫、成熟的谷穗旁边，五颜六色的田野之花肆意地生长，在片刻间焕发出加倍的热情，直到镰刀早早地迎向它们！

（摘自《大理石锯》，1903）

§

美好时光

　　草莓在花园里红得发亮，
　　它们的香味甜美而饱满，

18

我觉得，我必须等待，
母亲会穿过绿色的花园
很快到来。
我觉得，自己成了男孩
一切都只是梦境，
那些我耽误的，错过的
玩过的，失去的。
仍然躺在花园的宁静里
我面前这丰饶的世界，
我满足于这一切，
它们都属于我。
我恍惚地站在原地
不敢迈出一步，
生怕香气因此飘散
连同我的美好时光。

§

　　我父亲的花园正处于夏季的壮丽之中。这里种满
了开花的灌木和树木，夏季茂密的树叶映衬着深邃的
天空，常春藤沿着高高的挡土墙生长，更上方是静息

的山脉，山上有红色的岩石和蓝黑色的冷杉林。我站定观赏，为这片景色所感动：每个个体都是如此美丽，充满活力，色彩斑斓，光彩夺目。好些花朵在茎秆上温柔地摇曳，从它们彩色的花萼中向外张望，带着如此动人的伶俐和真挚，我爱它们，享受它们如诗人创作的歌曲。还有许多我以前从未注意，现在却让我留心的声响在对我说话，使我全神贯注：松林和草丛间的风声，草场上蟋蟀的鸣叫，远处雷雨的轰隆声，河水冲刷堤坝的潺潺声，以及不同鸟儿的歌声。傍晚时分，我看到金色晚霞中成群的苍蝇，听到它们的嗡嗡声，我听着池塘边蛙声一片。千百件微不足道的事情突然变得可亲和重要起来，像过往的经历一样触动我。例如，当我在早晨给花园里的几片苗床浇水以打发时间时，土壤和根部感激和贪婪地畅饮着水分。或者，我看到一只蓝色的小蝴蝶在正午的阳光中陶醉地翩翩飞舞。或者，我观察一朵鲜嫩的玫瑰逐渐绽放。或者，在傍晚时分，我把手伸出游艇，垂入水中，感受河水温柔地扯动我的手指。

（摘自《致青年的一封信》，1906）

§

现在，菩提树又完全开花了，傍晚时分，天色开始变黑，繁重的劳作也结束后，妇女和女孩们围过来，沿着梯子爬到树枝上，摘满一篮子菩提花。之后，每当有人生病或需要时，她们就用它们制作富有疗效的花茶。她们是对的；为什么要浪费这个美妙季节里的温暖、阳光、欢乐和芬芳呢？它们在花朵或别处结晶成有形，我们为什么不可以将它们取来，把它们带回家，在以后寒冷和糟糕的时期，从中汲取一些安慰呢？

如果一个人能够把所有的美好都装在一个袋子里，留待需要的时候使用就好了！当然，它们只是人造花散发着人造花香。每一天，丰盛的世界从我们身边流过；每一天，鲜花盛开，阳光闪耀，充满欢笑。有时我们怀着感激之情喝得饱饱的，有时我们疲惫不堪、情绪低落，不愿意去了解它；但无数的美好依然围绕着我们。这就是所有快乐的美妙之处，它是不劳而获的，不需要花钱购买，是上帝赐予每个人的礼物，就像菩提花香。

（摘自《菩提花开》，1906）

§

　　对安塞尔姆来说，万物都很美好，令人感到愉悦、亲切而熟悉，但每年最神奇的时刻和最大的恩赐却是第一朵鸢尾花。在他最初的童年之梦中，他在它的花萼里第一次读到了奇迹之书，它的芳香和飘逸的多重蓝色对他来说是创造的召唤和钥匙。因此，这朵鸢尾花伴随他走过了所有的纯真岁月，每个新夏，它都是全新的，变得更加神秘和动人。其他花也有嘴，也散发着芳香和思绪，也一样引诱蜜蜂和甲虫进入它们甜蜜的小房间。但对男孩来说，蓝色的鸢尾花却比其他任何花都要可爱和重要，它成了一切值得凝思之物和奇迹的寓言与例证。当他凝视着它的花萼，全身心沿着这条明亮的、梦幻般的道路，在黄色的、奇异的构造之间走向花朵渐暗的内部，然后他的灵魂看向那扇大门，在那里，表象变成了谜语，所见变成了预感。他有时会在夜里梦见这朵花萼，看到它像天宫的大门一样在他面前打开，他骑着马，乘着天鹅飞进去，整个世界和他一起飞翔、骑行，无声地滑行，在魔法的牵引下，进入迷人的深渊，然后落下，在那里，每一个期望都要实现，每一个预感都要成为真理。

地球上的每一个表象都是一个寓言，每一个寓言都是一扇敞开的大门，灵魂如果愿意，就能通过它进入世界的内在，在那里，你和我、白天和黑夜都是一体的。在每个人的生活中，这扇敞开的大门都会在这里或那里出现。在某个时候，这种想法会飞入每个人的脑海中：一切可见之物都是寓言，而在寓言的背后，住着精神和永恒的生命。当然，很少有人会穿过这道门，放弃美丽的表象，而选择预感到的内在真实。

（摘自《鸢尾花》，1916）

§

一朵花的生命

从环绕的绿叶中，怀着孩子般的不安
她环顾四周，却几乎不敢细看，
感觉自己被光的波浪吞没了，
感受白昼和夏天呈现出费解的蓝色。

她被光、风、蝴蝶追求，
在第一次微笑中，她向生命敞开焦虑不安的心

学着将自己奉献给
短暂生命之轮中连续不断的梦境。

现在她笑开了，她的色彩也在燃烧，
金色的尘埃在花托上增多，
她熟悉了闷热午后的火焰
傍晚时分，疲惫地在叶间低下了头。

她的边缘像是成熟女性的嘴唇，
每一缕褶纹中，年老的预感在颤抖；
她热烈地绽放笑容，在其底部
已经察觉到了饱和和苦涩的终结。

叶子现在也皱缩了，垂挂着，只剩下纤维
疲惫地覆盖在种芽之上。
像幽灵一般变得惨白：
伟大的秘密将死亡拥抱。

§ 红花

我喜爱你，你这大胆的红色，
如此渴望阳光，狂野和充满生命力，
在白日和死亡之间的夏日气息中
如此盛放并快乐地飘浮着。
但同时又宛若安静的梦，
仿佛你感到悲哀，
因为你的情欲，狂野如泡影，
却只能维持一个夏天。

§ 康乃馨

花园中开着一株红色康乃馨，
散发出爱的芬芳，
它不想入睡，也不想等待，
康乃馨只有一种欲望：
更急切、更热烈、更狂野地绽放！

我看到一团火焰闪闪发亮，
风在这片红光中奔跑嬉戏，
而她因欲望而颤抖。
火焰只有一种本性：
燃烧啊燃烧，越烧越快！

你在我的血液里，
亲爱的，你的梦想还能怎样？
不想像水滴一样流淌，
而想在洪流中、潮水中
挥霍自己、化成泡沫！

§

炎热的中午

蟋蟀的叫声从干燥的草地上传来，
蚱蜢在枯萎的田埂上振翅，
天空热气蒸腾，编织出白色的罗纱
缓缓遮掩了远处苍茫的群山。

到处有噼里啪啦的声响，

即使在森林里，蕨草和苔藓也会凝结，
七月苍白、暗淡无光的太阳
透过天空稀薄的云雾严厉地凝视着。

中午令人困倦的轻风悄然而至。
眼睛疲惫地合上了。耳朵里响起了
梦中期待许久，此刻即将到来的雷暴
那充满恩赐的声音之潮。

§

　　这些天来，童年时一段传奇般的记忆浮现在我脑
海里。欢迎你，美好的记忆！有一条河流经我位于黑
森林的故乡，当时河边还只有零星几家工厂，那里有
许多古老的磨坊和桥梁、芦苇滩和赤杨林，有许多鱼，
夏天时还有数百万深蓝色的豆娘。我不知道这些鱼和
豆娘是如何在岸边越来越多的水泥墙和越来越多的工
厂中间坚持生存下来的，也许它们现在还在那里。然
而，一些事物早已失去了，一些美丽而神秘的事物，
一些像童话一样的事物，一些这条美丽而传奇的河流
所拥有的最美丽的事物：筏运。在我们那个时代，整

个夏天期间，黑森林的冷杉树干会被装在巨大的木筏上，沿着小河道运到曼海姆，有时甚至远至荷兰。筏运是一种特有的行当，对于每个小城镇来说，春天出现的第一个木筏甚至比第一只燕子更重要，更引人注意。

这样的木筏（在士瓦本语中不叫"木筏"，而叫"Flooz"）由纯正的、长长的冷杉和云杉树干组成，它们被剥去树皮，但没有被进一步凿开，木筏由大量的节段组成。每一节又包含大约8到12根树干，末端捆绑在一起，节与节之间紧挨着，用柳条富有弹性地连接在一起，这样，无论木筏有多长，因为每一节都是灵活的，就能顺着河道的曲线前行。然而，木筏被卡住的情况并不少见，对整个镇子来说这可是件令人兴奋的事，对年轻人来说更算得上是盛大的节日。而筏工们，因为他们的闪失，经常被桥上的或从房屋窗户里探出身来的人讥笑，他们气呼呼地疯狂工作，在谩骂声中涉着水，直到水没过腹部，他们大喊大叫，充分表现出他们职业中闻名的野性和粗鲁；磨坊主和渔民们更加恼火和刻薄，其实所有那些在岸上生活和工作的人，特别是那许多制革工人，都对筏工们说着俏皮话或脏话。如果筏子卡在了打开的水闸下面，那磨坊主就会一路小跑过去，骂得尤其厉害，有时让我们这些男孩感到特别幸运的是：河床的某一段上面几乎空无一物，在溢流堰下面，我们可以用手抓鱼，有宽扁而发亮的湖拟鲤，敏捷多刺的鲈鱼，有时甚至还有七鳃鳗。

筏工们显然属于居无定所的人，属于野蛮人、浪游者、游牧者，而木筏和筏工并不被习俗和秩序的卫士所喜欢。对我们这些男孩来说却相反，只要木筏出现，就意味着冒险、刺激和与那些秩序力量发生冲突的机会。犹如磨坊主和筏工之间有一场永恒的战争，在这场战争中，我总是站在筏工一边，我们的老师、父母和姑母们对木筏漂流有一种厌恶感，尽量不让我们接触到它。如果我们当中的某个在家里想出了一个相当粗鄙的词，或是一串"几米长"的骂人话，那么姑母们会说，这必定又是从筏工身上学的。河流上穿梭着木筏的那些日子，成了我们的节日，但同时又伴随着父亲的殴打、母亲的眼泪、警察的责骂。我们男孩最喜欢的一个美丽传说是一个小男孩曾经不顾一切禁令登上木筏，一路去到荷兰，远至大海，直到几个月后才回到悲伤的父母身边。多年来，我最隐秘的愿望就是与这个童话般的男孩做同样的事。

（摘自《木筏之旅》，1927）

§

海上的正午

这就像梦和死亡一样甜蜜：

在炎热和寂静中感到倦怠和忧郁

在渔船上休憩

在混杂了焦味和咸味的酸涩气味中。

我的目光漫无目的久久追随着，

短烟斗里冒出的烟雾的嬉戏，

直到入了迷并感到倦怠

在正午太阳蓝色的光辉中休憩。

雪白松散的云朵

在海风持续的牵动下高翔，

远处传来几乎听不到的笛声

乘客在为旅途起航扬帆。

潮汐在梦幻般的嬉戏中
舔舐着龙骨，发出闷响；
松垂的船帆为空阔而欢呼
网绳拖在船尾，紧随其后。

还有其他一切能打动你的东西，
以及所有的幸福和悲哀
在某一时刻触动你的心，
在大海深处休憩沉睡。
你的心，曾如此狂野，近乎燃烧，
再次平静，再次变回孩子
像太阳、大海和风一样休憩
在上帝的手掌中。

§

　　我静静地从树干上松开链条，把轻舟推入水中，
从屈膝的姿态直起身，撑船离岸。湖面如镜面般光滑，
闪烁着绿色和银色的光芒，太阳在正午时分全力照射
下来，对岸的湖畔倒映着蔚蓝、闪光的天空，夏天雪
白的积云纵横交错。

在我身后，高大的杨树和大片古老、低垂的柳树，随着这片荫凉的湖岸草地一道逐渐消失，随之而去的还有所有那些陆地带给我的劳作和快乐，痛苦和烦恼。它们变得遥远而无法辨认，它们失去了重要性和价值，而我越是深入色彩和空气炫目的火焰中，过往的那些就变得越是陌生，越是陈旧，越是无法理解。

在家里，有信要回，有账单要付，有邀请要接受，有开了头的工作，有翻开的书籍。当我在湖上慢慢向着大海划动船桨时，所有这一切在我看来都变得远古而空洞，愚蠢而多余，属于一个古怪而退化的世界，而我已经逃离且永远无法理解这个世界。一个煤商向我索要几个月前取暖用煤的费用；一个出版商要我写一本新书；一个朋友要我提供当地住房和税收情况。在我头顶，在一片浩瀚无边与灿烂光辉中，天空蔚蓝，千年未变，云朵缓缓跳着古老而神圣的轮舞，静谧的山峰轮廓分明，亘古不变地矗立着——在它们面前，人类的琐事和烦恼怎么可能还存在呢！不，它们已经不存在了，已经像所有可笑的东西一样消失了，成了传说、梦幻和不可理解的过去。

（摘自《一日闲逛》，1905）

§

　　赤身裸体躺在夏日阳光下总是一件快事；当你在草地上或在沙岸上或在屋顶露台上赤身裸体地躺着时，那种感觉是很美好的，但没有任何地方比得上开阔水面上的小船，它像花萼一样吸纳并保存着热量。灼热的阳光会穿透皮肤和肉体，直达骨髓，如果晒得太厉害，你只需迅速一跃，立刻扎入深邃的清水中。在夏天开始的时候，身体还很白皙，习惯于穿着衣服，还会有稍许不适；皮肤会灼热、发红和脱皮。但随后它就会变得坚硬，变成褐色，并能防晒，然后就到了身体感到愉悦的时候，它在一种动物性的健康状态中呼吸和成长，感到自己是阳光、水和空气的同类。如此身体和灵魂合一的感觉也就不再是一种令人不快的依赖感了。因为就像身体感到自由、自在和安全一样，灵魂也脱去了习惯和日常的外衣，在惊奇和自由中呼吸，回归本源，成为大地和太阳的感恩之子，感受到与所有生物的亲缘关系，重新学会理解大地的语言。她变成了一个孩童、一朵浪花、一朵云彩、一首歌谣，她歌唱和梦想，她经历传说和奇迹。正如所有的诗歌都是记忆一样，在这样的阳光下，在我们心中上

演的非同寻常的情感触动和离奇的梦境也是对最遥远
的过去、对造物和原始时代、对"水上精灵"的
记忆。

（摘自《一日闲逛》，1905）

§
傍晚的房子

静静地站在傍晚金色的斜阳下
这片群集的房舍被阳光照得通红，
在珍贵而深沉的色泽中
劳作后的傍晚就像祈祷一样绽放。

一间亲密地依偎着另一间，
像兄妹一样在山坡上一起成长，
像一曲简单、古老的歌谣，
无须学习，却都会吟唱。

旧屋，涂料，歪斜的屋顶，
贫穷和骄傲，衰败和幸福，

它们亲切、柔和、深情地焕发着
往日的容光。

§

从慵懒地凝视金色的夏夜，不受拘束、舒适惬意地呼吸轻盈纯净的山间空气，到对自然和风景有着深切了解，还有很长的路要走。躺在阳光温暖的草地上，慵懒地享受几个小时的休息，是一件非常美妙的事情。但是，只有那些对这片草地，连同山脉、溪流、桤木丛和远处一座座高耸的山峰都十分熟悉的人，才能充分且百倍地获得更深沉、更高贵的享受。要读懂这样一片土地的规律，看透它的形态和植被的必然性，感受它与生活在那里的人民在历史、性情、建筑风格、说话方式和服饰间的联系，这需要热爱、奉献和训练。但这种努力是值得的。在这片你用热情和爱去熟悉，并最终使它属于你自己的土地上，你所停留的每一片草地和每一块岩石都会把它们所有的秘密回赠于你，并以不会给予他人的力量来滋养你。

（摘自《关于旅行》，1904）

§
南方的夏日

在和平时期，当我们那些富裕的同胞还能畅行无阻地旅行时，在夏天的南方是不见他们人影的。因为一个荒唐的传言说，夏天时的南方热得让人无法忍受，流行着离奇的瘟疫，所以人们宁愿居住在北方地区，或者在海拔2000米的阿尔卑斯山的旅馆里挨冻以度过夏天。现在情况不同了，那些曾经幸运地将自己和赚取的战争财迁移到南方的人留在了那里，在上帝宽忍万物的阳光下，和我们一起享受这个夏天的祝福。我们这些旅居国外的老德国人淡出身影，成了背景，忧虑的面孔、破烂不堪的裤腿，也已不够体面。而那些凭借着偷带过来的金钱在这里购买房屋、花园、公民权的光鲜新贵却代表了我们民族。

每天早晨，太阳依旧升起，对这些小事并不关心。一望无际的栗树林中，鸟儿开始歌唱。我往口袋里放了一块面包、一本书、一支铅笔和一条游泳裤，离开村庄，在森林和湖泊中度过漫长的夏日。森林里鲜花盛开，枝头挂满了小刺果，蓝莓的时节已经过了，黑莓开始生长，满世界都是。

无数可爱的小花、小草、苔藓和蘑菇再次将我包围，我不知道它们的名字，但我曾一次又一次地下决心去学习认识它们。静静地坐在这些可爱的花丛中，捧着小小一册精致的植物学图书研究它们，这是我的一个决心，类似于日后静静地生活在小花园里，种植蔬菜，不再思考篱笆以外之事的决心。这些美好的决心给我们带来欢乐，但要遵循它们，生命似乎又太短暂了。至少夏天如此。在南方这里，一年中有几个月人们无须去考虑寒冷和煤炭的问题，这些不可思议的金色夏日以一种狂热的冲动逃离，急促而贪婪地扇动着翅膀，仿佛太阳、星星和月亮也感受到了某种覆亡和世间的困厄，正急于再次转身。我们也是如此，可怜的人类，在这转瞬即逝的光华中歌唱，舞蹈。在森林深处，藏着我们美丽而神秘的宝库，农夫凉爽的小酒店，在节假日或者傍晚时分，人们友好地围在保龄球道旁，喝上一杯当地产的葡萄酒，吃上一片面包，彼此闲聊。许多温暖、安静、引人沉思的夜晚，充满了蠢事和夏日的芬芳，充满了忧郁和孤独，充满了思念和童真，在我心中渐渐熄灭。

　　午休之后，我久久地躺在森林浓荫覆盖下的蓝莓丛和绣线菊之中，哼唱着我所熟知的德语和法语歌谣。

其间，我读着随身携带的一本小黑书，对于此刻的我来说，这本由法国作家弗朗西斯·雅姆创作的《阿尔梅德》是世上最美的书。它来自世外桃源，幸福至极，充满了爱。

临近傍晚，是时候去湖边找一小块地方了，那是一片沙滩，背靠树林，长着些许芦苇和小草。湖水像在用它温暖的舌头轻轻地舔舐着傍晚渐渐燃尽的沙砾，余晖下，只见垂钓者小腿细细的，梦幻般地站立在溪流口，手里拿着长长的鱼竿，山峦染上了傍晚的色调，金色的魔法掠过整片大地，心中的痛楚在此刻变得甜美。阳光灼烧着我棕色的背脊，直到它消失在群山之后，舒适的湖水冷却了我饥饿的躯体，溪流冷却了我的双脚。人们有那么多期盼，到头来却什么都得不到。对我们来说，生活变得如此可悲——而我们又是多么愚蠢，把它看得如此可悲！

在村里吃上一盘米饭或通心粉，或者在乡村餐厅里就着葡萄酒吃上一块面包，然后是时候思考自己到底身在何处了，我慢悠悠地沿着余晖照耀下明亮的乡间小路回家，走在上坡的人行道上，穿过渐渐暗下来的森林，白日的温暖被兜住，像蜂蜜一样悬在森林里，浓重而令人陶醉，草地上的小径两旁是已经割好的谷物和茂密垂挂的绿葡萄，路过乡间别墅的花园，那里住着富有的米兰人，在初升的月光下，许多绣球花丛闪耀着迷人的淡淡的色泽。人们回到村里时，已经将近午夜了，月亮从条纹状的云层中向外张望，在一片漆黑的高大树木中，夏木兰花散发出浓烈的柠檬香味，村庄的灯光倒映在湖底，闪闪发亮。

月亮在天空中跑啊跑，好像被追赶着，就像一只有人想让它重新工作的时钟，用织针扎了它一下，它就突然哗啦啦地跑开了，指针就像一个赛跑者一样在钟面上痴痴地跑着。生命是短暂的，我们费尽心思，却因自己的狡黠精明败坏了它，让它变得艰难。为数不多的美好时光，为数不多的温暖夏日，为数不多的温暖夏夜，至少我们想尽情畅饮，我们想享受生活。玫瑰花已经第二次绽放，紫藤花也是如此，白昼在缩短，在每棵树和每片叶子后面，存在的转瞬即逝在深深叹息。

窗外，夜晚的风吹动了树梢，沙沙作响，月光落在红色石板铺成的地面上。故乡的朋友们，你们此刻在做什么？手中是握着鲜花还是榴弹？你们还活着吗？是在给我写信，还是又在写恶言谩骂的文章？亲爱的朋友们，去做你们想做的事，但要永远记住生命是多么短暂啊！

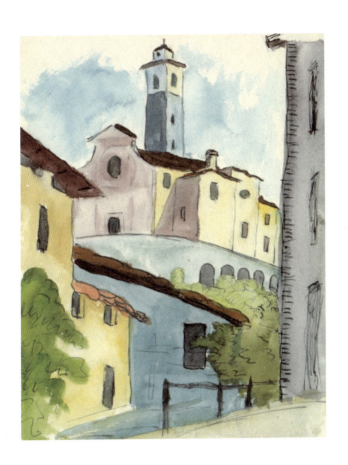

§

躺在草地上

现在这一切，都是花的把戏
还有夏天明亮的草地上五颜六色的细绒，
柔和舒展的蓝天，蜜蜂的歌声，
现在这一切都是上帝
呻吟的梦，
无意识的力量对救赎的呼声？
远方山峦绵延起伏的线条，
优美而分明地架在这片蓝色里，
那么，它是否只是一阵痉挛，
只是大自然酝酿时的野蛮张力，
只是疼痛，只是痛苦，只是无意义的摸索，
永无休息、永无幸福的运转？
啊，不！远离我吧，
世间不幸的噩梦！
晚霞中蚊蚋飞舞会使你感到沉重，
鸟儿的叫声会使你感到沉重，
一阵悦人的风吹过
冷却了我的额头。

远离我，人类古老的悲哀！
也许一切都是煎熬，
一切都是悲伤和幻影——
但这甜蜜的阳光时刻不是，
红色三叶草的香气也不是，
我灵魂里那深沉、温柔、愉快的感觉
也不是。

§
夏夜里的灯笼

在昏暗花园的凉意里
五彩缤纷温暖的灯笼悬挂着，
从密密匝匝的树叶中散发出
柔和、神秘的光芒。

其中一盏是明亮的柠檬色，
红色和白色笑盈盈的，显得很饱满，
蓝色的像是栖息在树枝上的
月亮和精灵。

突然间，一盏灯着火了，
火苗蹿动，又迅速熄灭……
它的姐妹挨在一起默默发抖，
微笑着，等待着死亡：
月蓝，酒黄，丝绒红。

§
七月的孩子

我们这些出生在七月的孩子
喜欢白茉莉花的香气，
我们在鲜花盛开的花园旁漫步
静静地陷入深沉的梦境。

绯红的花朵是我们的兄弟，
在闪烁的红色阵雨中燃烧
在麦田里，在炙热的围墙上，
直到风带走它的叶子。

像七月的夜晚，我们的生活
满载梦想，以完成它的圆舞曲，

为梦想和收获的盛典献上，
我们手中的麦穗花环和鲜红的花。

§

夏天的夜晚

手指写下了一首诗，
苍白的木兰花透过窗户看进来，
夜晚的美酒在玻璃杯中闪烁着暗淡的光芒，
倒映着爱人的秀发和脸庞。

夏天的夜晚将稀疏的星星洒落在各处，
青春的记忆在皎洁月光下的树叶中散发着芳
香……
很快，我的手指、我们会腐烂，化为尘埃，
或许是后天——明天——甚至是今天。

§

暴风雨来临前的片刻

再一次，在昏暗的骚动中

太阳从风暴云中闪现，
将蒸腾的雾气加热到可怕的湿闷状态
在花园颤抖的花簇中露出迷乱的微笑。

在深邃的黑蓝色背景前，红色的房子燃烧
像朱砂一样耀眼，窗户闪闪发光……
下一刻一切都会熄灭，
光亮渐渐消失，黑暗中传来一阵呼啸。

现在，白色的阵雨在夜色中骤降，
大雨像拖着沉重的裙摆拍打着森林，
闪电晃眼，冰雹敲打，嘲弄的雷声轰鸣
响亮的撞击声响彻云霄。

§

提契诺州的夏夜

在长时间的高温和干旱之后，下雨了，一整个下午雷声轰隆作响，空气中一阵令人窒息的闷热过后，冰雹噼里啪啦砸落，一股温和的凉意便蔓延开来，远处飘来泥土、岩石和树叶苦涩的味道，夜晚降临了。

森林里，在山的阴面，有一家乡村餐厅，也是村里的酒馆，这是森林里一个梦幻童话般的微小村庄，正面完全由石头砌就的、屋檐向街的房子没有背面，屋顶和房间埋进地里，人们在山体深处凿出岩洞用于储存美酒。酒就装在灰色的木桶里，有去年秋天的，也有前年秋天的，再陈的酒就没有了。这是一种红色的葡萄酒，口味柔和清淡，尝起来有果汁和厚葡萄皮的清凉与酸味。

在森林陡坡上的一家乡村餐厅处，我们坐在一个小露台上，可以通过形状不规整的台阶爬上来，那里有容纳一到两张桌子的空间。巨大的古树，栗树、梧桐、洋槐树干高耸入云，透过它们的树枝，几乎望不见天空，我经常在雨中坐在这里，在森林的空地上，一坐就是几个小时，却不会被雨淋到。我们这几个住在这里的异乡艺术家，在昏暗中坐着，沉默不语。蓝白条纹的小土杯中，盛着玫瑰色的葡萄酒。

在我们小露台的正下方，酒窖前庭里闪烁着微红的光，我们透过古老的黄杨树茂密的枝叶向下看。铜器在灯光下欢快地闪烁着：一只圆号搁在一个人的膝盖上，他面前放着小酒杯。他将圆号放到了嘴边。他旁边的一个人，半隐半现，拿起低音小号，当他们开始演奏时，第三个声音同时响了起来，这是一种木管乐器发出的轻柔的声音，让人想起巴松管。他们柔和、矜持、谨慎地演奏着，深知自己坐在一个狭小的门厅里，听众很少。他们轻缓的演奏是田园式的、欢快的、发自内心的，不乏情感，也不乏幽默，节拍完美准确，旋律轻快，但音调并不全然纯正。这种音乐与我们喝的酒一样：美好纯真、质朴可靠，没有强烈的刺激，也没有隐患。

声音才传到我们这里，正当我们所有人从狭窄的长椅上转过身来往下看时，舞者就已经到了。在酒馆门前小广场上流连的余晖中，在从前庭渗出的残余灯火里，三对人儿正翩翩起舞。我们透过密密麻麻的枝叶交织而成的网格看着他们，树叶时常把他们完全遮蔽了。

第一对是两个小女孩，一个十二岁，一个七岁。高个子女孩全身都是黑色的，黑围裙，黑长袜，黑鞋。小个子女孩全身是浅色的，白围裙，光腿光脚。十二岁的姑娘跳得非常好，认认真真，一丝不苟，她很擅长跳舞，跟随着节奏，步子快慢有度，她表情庄严，非常庄严，像一片苍白的花瓣飘浮着，在夜晚和森林潮湿温暖的幽暗中几乎无法辨认。七岁的姑娘跳得还不够好，她愿意先学着，她的步子庄重却拖沓，她目不转睛地看着同伴的脚，而她正悄悄指导着她呢，她用牙齿微微顶起饱满的下唇。两个女孩的脸上都充满了庄严和快乐，她们的舞蹈透着孩子的尊严。

第二对是两个二十多岁的年轻小伙。较高的一人光着头，短鬈发，另一人歪戴着毡帽。两人都只微微笑着，专心致志地投入舞蹈之中，非常努力地不仅要准确做好每一个动作，而且要向舞蹈注入艺术表达的各种可能。他们时而将握紧的双手往外伸展，头往后仰，时而蹲下，弯腰弓背，竭尽全力保持轻盈和优雅。他们热情的舞蹈感染了木管乐器的吹奏者，使他的吹奏变得更细腻，更饱满，更多情。两位舞者都笑了：高个子沉浸其中，爱上了他自己和他的舞姿，感到极乐，超越了世俗；另一个略带调皮，甚至有些羞涩，像是准备好了接受嘲笑或者赞美。高个子在生活中会走得更顺利。

组成第三对的两个女孩是路易吉娜和玛丽亚；两年前我还在学校看到她们俩。路易吉娜是南方人类型，身体轻盈，非常苗条瘦削，高挑精致的双腿和细长的脖颈优雅又让人难以接近。而玛丽亚则不同，她更温柔，也更美丽，不久前我还用"你"称呼她，现在已经不敢再用了。她面色健康，脸颊红润，充满能量，一双坚毅的浅蓝色眼睛，浓密的棕色头发，已有些圆润丰满，在外形和举止上显露出少女的气息，乍看似有些慵懒，但眼神里满含力量和奔放的性格。如果我是村里的男孩，除了玛丽亚，我不会选择其他任何人。她穿了一条红色的连衣裙，她总是穿红色或粉红色的衣服。玛丽亚与路易吉娜一起跳舞，她的红裙子时而显现，时而又消失在枝叶交织而成的网格后。她们跳得美极了，内心充满了幸福，不再像小女孩那样被幼稚的庄重感深深迷住，也不像那两个男孩那样不受约束，沾沾自喜。对玛丽亚和路易吉娜这两人来说，吹奏者优美温柔的曲调，欢快、富有创造和变化的音乐非常适合她们。绿色森林的暮色笼罩在她们头顶，她们额头上微微闪耀着门厅灯火的反光，双腿灵活地迈步，紧致而富有弹性。

在下方，黑云一样的黄杨树后面，光线依然流动，那里音乐飘荡，年轻的人儿在跳舞，其他人依偎着门厅柱子或树干观望，时而赞美，时而点头，时而笑着。我们坐在昏暗里，我们这些异乡人和艺术家，在不同的光线下，不同的氛围里，被不同的音乐所包围。我们为那些没人注意到的东西感到高兴和激动：石头上一片叶子的影子，衬衣上一块模糊的蓝色，七岁孩子膝盖上的小褶痕。我们渴望并羡慕他们拥有的那些无用且理所当然的东西。但他们在我们身上同样也看到了新奇的东西和举止，他们也羡慕这些东西，而我们早就厌倦了。如果我们愿意，我们可以过去加入他们；我们并没有被禁止与他们打成一片，听他们的音乐，与他们共舞。但我们仍然坐在老梧桐树下的昏暗中，听着三种管乐器的旋律，看着明亮的脸庞上甜蜜的余晖，侧耳细听属于玛丽亚的那种红色，它在沉沉暗色中依然抗争着，发出清脆的声响，心怀感恩地呼吸着黄昏神奇的气息，呼吸着乡间小世界美好的宁静，她的表演只触动了我们的眼睛，她的贫苦不属于我们，她的幸福也不属于我们。

我们把玫瑰色的酒倒进蓝色的土碗里，下方舞者的身影渐渐模糊。你的红裙子也是，玛丽亚，正在消失，消失在黑暗中。花朵般洁白明亮的脸庞也消失、隐没了。只有前庭温暖的红色灯光呼吸得更加剧烈了，在灯光也消融之前，我们离开了这里。

（1921）

§

雨

温热的雨，夏天的雨
在灌木丛中，在树上沙沙作响，
啊，多么美好，充盈着幸福，
心满意足地再次做起我的白日梦！

在室外的光亮下待得太久，
我已不习惯于这些起起伏伏：
栖居于我自己的灵魂里，
不为任何陌生的地方吸引。

我无所追求，我无所渴望，
用童声轻声哼唱，
在惊叹中我回到了家
感受到梦境里那温暖的美。

心啊，你虽伤痕累累，
不假思考地探寻却是种幸福，
不要思索，不要理解，
只去感受，只去感受！

§

夜晚的雨

入睡之前我一直听着雨声
它使我保持着清醒，
我就这样倾听着、感受着，
它用无数湿润清凉的回响
淅淅沥沥地填满了整个夜晚，
耳语、笑声、悲叹，
我着迷地聆听着这熙熙攘攘
流动而柔和的声响。

在经历了严酷烈日下
所有艰苦的干旱之后，
雨水落下时轻柔的控诉
变成了多么热切的呼唤，多么幸福的敲打！
从骄傲的胸膛中爆发，
装作那么脆弱，
曾是孩子们啜泣的喜悦，
泪水亲爱的泉源，
流动着，哀叹着，打破了魔咒，

以便让沉默的人可以说话，
为新的幸福和悲伤铺路
使灵魂走得更远。

§

暴风雨过后的花朵

像姐妹一样，向着同一个方向，
在风中弯着腰，滴着水，
在蒙蒙细雨中依旧害怕和胆怯，
弱小的花枝折断后掉落在地上。

她们慢慢直起身，依然感到麻木和畏怯，
再次抬起脑袋，朝向她们所爱的阳光，
像姐妹一样，壮着胆子露出第一丝微笑：
我们还在这里，敌人没能将我们吞灭。

这一幕让我回忆起无数时刻，
当我在幽暗的生命冲动中昏昏沉沉时，
我从黑夜和苦难中重新找回自己
回到心怀感激地爱着的明媚之光中。

§

在提契诺州森林酒窖前的夏日傍晚

阳光还在梧桐树间嬉戏。
蓝天仍透过高高的枝杈拱顶张望
倒映在酒杯中。森林里
一个不辨身影的妇女在和孩子交谈。
山谷里的村庄传来礼拜日的音乐
听起来像是辛勤的劳作；
在外面的斜阳下
沉闷的夏天世界仍然热气蒸腾。

而这里，森林里的树叶和岩石都在呼吸，
空气中充盈着隐修和收工后的纯真，
一小块面包，一杯清凉的葡萄美酒
是用温柔的梦的魔力虔诚地求得的。

路边的蕨草闻起来辛辣刺鼻，
睡鼠已经在森林里醒来，
第一只蝙蝠穿过交错的树枝
追逐着猎物。

一阵阵声音，一束束光线
接续随着白昼消逝，而从树上涌出，
像树脂和蜂蜜，厚重而稠密的
夜幕，给予我们母亲般的安抚。

名字随着白昼的流逝而抹除，
我们曾用它们来组织我们的世界：
梧桐树、枫树、白蜡树、岩石、房屋
融为一体，这多彩纷繁的一切
顺从地投入母亲的怀抱
回归孩童时朦胧的喜悦。
香草散发出蘑菇的味道，一只灰林鸮在叫，
树叶缠结在一起缓缓翻转着……

瞬息万变的生活是多么的幸福芬芳啊！
就像精神渴望血液，白天渴望黑夜！

§ 克林索尔

　　一个激情四溢、转瞬即逝的夏天已经来临。炎热而漫长的白天，像燃烧的旗帜一样火光冲天，短暂闷热的雨夜之后是短暂闷热的月夜，就像一闪而过的梦境，充满了影像，这几个灿烂的星期会一路热下去。

　　午夜过后，克林索尔他已从夜间散步归来，站在书房狭窄的石头阳台上。在他下方，古老的梯地花园深深下沉，令人头晕目眩，棕榈树、雪松、栗树、紫荆树、山毛榉、桉树，被爬山虎、藤本植物、紫藤攀爬缠绕，浓密的树梢形成一片幽深的阴影。在漆黑的树影之上，夏玉兰花白铁似的巨大叶片相互映照，闪烁着苍白的光芒，雪白巨硕的花朵半开半闭地点缀其间，有人的脑袋一般大，像月亮和象牙一样洁白，从那里飘来一股沁透心脾的、轻柔的柠檬香味。音乐乘着疲惫的翅膀，不知从何处飞来，也许是一把吉他，也许是一架钢琴的乐声，无法分辨。在饲养场里，一只孔雀突然叫了起来，第二声，然后第三声，用它那短促、愤怒、呆板的声音撕开了森林的夜幕，仿佛从深渊处粗暴而尖锐地回响起整个动物世界的痛苦。星光流淌，穿过林间山谷，高处的白色小教堂孤寂地眺望着一望无际的森林，古老而令人陶醉。湖泊、山脉和天空在远处融为一体。

克林索尔站在阳台上，穿着衬衫，光着臂膀撑在铁护栏上，炙热的双眼略带懊丧，阅读着苍茫天空中的群星和从黑云般的树丛间透出的柔光所书写的文字。孔雀提醒了他。是啊，又到了晚上，夜深了，该睡觉了，无论如何，不惜一切代价。也许，如果一个人真的能连续几个晚上，每晚都有六或八个小时的适当睡眠，他就能康复，眼睛又会乖乖听话，被他驯服，心也会平静下来，太阳穴也不再疼痛。但如果这样，这个夏天就会溜走，这场闪耀非凡的夏之梦，许多未喝的酒杯被倾洒，许多尚未遇见的爱的一瞥被打断，许多无法重现的景象未曾被看到，也不复存在！

他把额头和疼痛的双眼贴在冰凉的铁护栏上，那一瞬间，他恢复了精神。也许在一年内，或者更快，这双眼睛就会失明，他心中的火焰也会熄灭。不，没有人能够长久地忍受这种火焰般的生活，即使是他，即使是拥有十条生命的克林索尔也不能。没有人可以长时间、不分昼夜地燃烧他内心的光和热，没有人可以长时间、不分昼夜地站立在火焰之中，每天白昼投

入数小时去热切工作，夜晚投入数小时去热切思考，总是享受着，总是创造着，总是保持所有感官和神经的敏锐和警觉，就像一座城堡，每扇窗户后面有音乐日复一日地响起，有无数蜡烛夜复一夜地闪烁。总会走到尽头的，太多力量被挥霍，太多眼力被燃尽，太多心血被耗费。

突然间，他笑了起来，直起身子。他想起：他经常有这样的感觉，有这样的想法，有这样的恐惧。在他生命中所有美好、多产、光芒四射的时期，甚至在他的青年时代，他都是这样生活的，就像蜡烛一样，两头都在燃烧，时而欢欣鼓舞，时而啜泣流泪，有一种肆意挥霍和燃烧的感觉，有一种绝望的贪婪，想把杯子里的酒喝光，有一种幽深隐晦的对结局的恐惧。他就是经常过着这样的生活，喝光杯中酒，炽热地燃烧殆尽。有时，结局平和，就像无意识的深度冬眠。有时，结局却是可怕的，是毫无意义的荒芜，无法忍受的痛苦，医生，可悲的放弃，软弱的胜利。一次又一次，生命盛放后的结局都比前一次更糟、更悲伤、更具毁灭性。但总是能挺过去，在几周或几个月后，在经历痛苦和麻痹之后，生命会迎来重生，新的烈火，内心深处的火苗会爆发，会有新的更激情充沛的作品，新的更闪亮的、迷醉的生命。一直都是如此，那些折磨和失败的时期，那些悲惨的过渡期，已经被遗忘和沉入记忆深处。这样很好，这次也会一如既往。

他微笑着想着吉娜，他今晚看到了她，在夜晚回家的路上，她一直萦绕在他充满深情的思绪里。在他仍然稚嫩腼腆的炙热情感中，这个女孩显得如此美丽和温暖！他俏皮而温柔地自言自语，又仿佛在她耳边低语："吉娜！吉娜！亲爱的吉娜！可爱的吉娜！美丽的吉娜！"

他回到房间，重新旋开灯。从凌乱的书堆里抽出一册红色的诗集；他想起了某首诗中的一小节，有着无以言表的美丽和温存。他找了很久，最终找到了：

> 不要像这样把我留给黑夜，留给痛苦，
> 最心爱的人，我拥有你月亮般的脸庞！
> 啊，你是我的磷，我的蜡烛，
> 我的太阳，我的光！

他啜饮着这些醇酒般的文字，沉醉而享受。多么美丽，多么真挚，多么令人着迷：啊，你是我的磷。还有：我拥有你月亮般的脸庞！

他微笑着在高窗前来回踱步，吟唱着诗句，呼唤着远方的吉娜："啊，我拥有你月亮般的脸庞！"他的声音因柔情而变得低沉。

他接着打开了画夹，结束了一天漫长的工作后，整个晚上他始终把它带在身边。他打开写生簿，那本小的、他最喜欢的，翻出昨天和今天画的那最近几幅。一幅画的是一座锥形山，有着深深的岩影；他把它塑造得非常接近于一张龇牙咧嘴的鬼脸，这座山，痛苦地张着嘴，似乎在尖叫。一幅画的是一口山坡上的小石井，呈半圆形，砖砌的拱形结构布满了黑色的阴影，一棵盛开的石榴树在上方放出血色的光芒。所有这些画只有他自己能读懂，是属于他自己的密码，是匆忙且贪婪地记下的某一刻，是迅速抓住大自然和心灵重新产生洪亮共鸣的每一瞬的记忆。现在他开始翻看大幅的彩色速写，白纸上的水彩色块闪闪发亮：小树林里的红色别墅，火红的光芒像绿色天鹅绒上的红宝石，还有卡斯蒂利亚的铁桥，是青绿色山脉上的一抹红色，旁边是紫色水坝，还有玫瑰色的街道。他继续看着：砖厂的烟囱，清凉苍翠的绿树前一束红色的焰火，蓝色的路标，浅紫色的天空，布满厚重如卷的云朵。这一幅很好，可以留着。遗憾的是马厩的这一幅，入口处的红褐色映衬着钢铁般凝重的天空，这样的色彩搭配是精确的，极富表现力：但它只完成了一半，当时太阳照在纸上，反光使他的眼睛剧烈地疼痛起来。之后，他在山泉里花了很长时间洗脸。是啊，棕红色和凝重的金属蓝形成对照，这样很好，这是为了避免哪怕细小的色差或最细微的色彩颤动去歪曲和破坏它。如果没有埃及棕，就不可能达到这样的效果。在绘画这个领域，隐藏着各种秘密。自然的形式，它的上与下、厚与薄都可以被改变，人们可以放弃所有那些忠实模仿自然界的方法，色彩也可以伪造，无疑，它们可以以百种方式被增强、抑制、转换。但是，如果你想用色彩重现自然，那重要的是这几种色彩的比例、彼此之间的张力与自然完全一致。在这点上，人们仍然是依赖自然的，即使是用橙色代替灰色，用深茜红代替黑色，他们仍然是自然主义者。

是啊，又浪费了一天时间，收获却少得可怜。砖厂烟囱的那幅，红蓝色调的另一幅，也许还有那口石井的速写。如果明天天气阴沉，他就会去卡拉比纳；那里有女工的洗衣房。也许天又会下雨，那么他就会待在家里，开始用油彩画溪流。现在该上床了！又过一点了。

在卧室里，他脱去了衬衫，将水淋在肩上，水在红色的石板地上溅起，然后他跃上高高的床铺，把灯熄灭。透过窗户，苍白的萨吕特山向屋内眺望，克林索尔已经在床上无数次讲解过它的山形。猫头鹰的叫声从森林峡谷中传来，深沉而空洞，像睡眠，像遗忘。

他闭上眼睛，想到了吉娜和洗衣房里的女工。天神啊，千千万万的事物在等待，千千万万的酒杯注满了美酒！世上没有东西是不值得去画的！世上没有女人是不值得去爱的！时间为什么存在呢？事物为什么总是遵循这种愚蠢的连续性，而不是澎湃而充沛地同时发生？为什么他现在又像一个鳏夫，像一个老人一样独自躺在床上？在短暂的一生中，你可以享受，可以创造，但只能一首接着一首地歌唱，却从来不曾用不同的声音和乐器同时奏出一曲完整的交响乐。

很久以前，在十二岁那年，他是拥有十条命的克林索尔。那时男孩们之间流行一种扮演强盗的游戏，每个强盗有十条命，一旦被追捕者用手或标枪碰到，就丢一条命。不论剩六条、三条，甚至一条命，尚能幸免于淘汰，只有当丢掉第十条命的时候，就全完了。但他，克林索尔，以拼尽十条命而自豪，并宣称如果以九条命、七条命侥幸逃脱，那将是一种耻辱。这就是他少年时期的样子，在那个不可思议的时期，世上没有什么是不可能的，没有什么是困难的，大家都热爱克林索尔，克林索尔指挥着大家，一切都属于克林索尔。就这样，他一直坚持用尽十条命去活着。尽管他的生活从未达到充沛圆满的状态，生命中从未奏响澎湃的交响乐，但他的歌声却从未单调贫乏，他弹曲子时总是比别人多几根弦，困境中总比别人多一些办法，口袋里总比别人多几毛钱，马车前总比别人多几匹骏马！感谢上帝！

　　昏暗花园里的寂静听起来多么饱满，有节奏地起伏着，就像一个女人沉睡中的呼吸！孔雀这般鸣叫，火焰在胸中这般燃烧，心脏在这般跳动、呼喊、忍受、欢呼、流血。在卡斯塔尼塔这片高地，这毕竟是一个美好的夏天，他在这片高贵古老的废墟里过着富丽堂皇的生活；他俯视着连绵的栗子林毛茸茸的倩影；多美妙啊，他时不时从这高贵古老的森林和城堡世界出发，往山下走，充满渴望地凝视这些色彩缤纷，洋溢着快乐的"玩具"，画下它们鲜艳夺目的样子：工厂、铁路、蓝色的电车、码头上的广告柱、昂首阔步的孔雀、女人、牧师、汽车。而他胸中的这种感觉是多么美好，多么折磨人，又多么难以理解，这种对生命中每一块色彩斑斓的片段的热爱和闪烁不安的渴望，这种渴望去观看、去创作的甜蜜而狂热的冲动，但同时，隐隐透过薄薄的表层，他深切地知晓自己所作所为的幼稚和徒劳！短暂的夏夜就这样在炙热中消融了，雾气从幽绿的山谷深处升起，千万棵树木体内的汁液沸腾着，有如千万个梦想在克林索尔浅浅的睡眠中涌现，他的灵魂在生命的镜厅中漫步，所有的图像都成倍增加，每次都能遇见新的面孔和意义，建立新的链接，仿佛满天星辰被放置在色子筒中使劲摇晃。

在众多的梦境中，有一幕引人入胜，让他震惊：他躺在一片森林里，一个红发女人枕在他的腿上，一个黑发女人倚在他的肩上，还有另一个人跪在他身旁，握着他的手，亲吻他的手指，四周到处都是女人和姑娘，有的还是孩子，腿细细长长的，有的正值青春期，有的已经成熟，闪动的脸庞上有了智慧和疲惫的痕迹，大家都爱他，都想为他所爱。于是爆发了争吵，怒火在这些女人中间蔓延，红发女人用愤怒的双手抓住黑发女人的头发，把她扯到地上，自己也被拽倒在地，她们相互冲撞、尖叫、撕咬，彼此伤害，笑声、愤怒的尖叫声和痛苦的哀号声交织扭结在一起，到处都在流血，利爪般的手指血淋淋地刺入皮肉。

克林索尔醒来后的几分钟里依然有悲哀和压抑的感觉，他瞪大了眼睛盯着墙上透光的窟窿。女人疯狂的面孔犹在眼前，其中许多人他都认得，叫得出名字：尼娜、赫米内、伊丽莎白、吉娜、伊迪丝、贝尔塔，他用似乎来自睡梦中的嘶哑声音说："孩子们，别闹了。你们在骗我；你们要撕碎的不是彼此，而是我，我啊！"

　　　　　　　　　　（摘自《克林索尔最后的夏天》，1919）

§

回忆克林索尔的夏天

十年了，自从克林索尔的夏天闪耀
自从我和他一起在温暖的长夜
在美酒和女人做伴下迷离绽放
自从我歌唱他那醉人的克林索尔之歌！

现在的夜晚却显得那么不同且清醒，
白天是多么安静地就过去了啊！

即使有一句魔咒能把我带回
过去的狂热之中——我也不想再要了。

我不想让匆匆的时间之轮再次回滚，
不想默许血液里无声的死亡，
不想有不可预想的事情发生
我现在的智慧，是我灵魂的财富。

一种不同的幸福，一种更新的魔力
从那时起，时常将我抓住：我无非只是一面镜子，
数小时之久，就像莱茵河里的月亮，
星辰、众神和天使的形象栖息其中。

§

那是如此灿烂的一个夏天，以至于那阵子的好天
气，人们可以以周而不是天来计算，当时还是六月，
他们刚刚收获了草料。

对一些人来说，没有什么比这样的夏天更美了，
即使在最潮湿的沼泽中，芦苇也被晒焦了，热气直入
骨髓。只要一有机会，他们就会从中汲取温情和安慰，

对自己常常并不忙碌的生活状态感到如此安乐而快活，而其他人永远无法分享这种生活。我也属于前一类人。

（摘自《大理石锯》，1903）

§

没有什么能像这些静谧的小云朵那样将纯正的盛夏的热烈如此完满地表达出来，雪白的云朵静静地飘浮在蓝色的半空中，为阳光浸透，使你无法长久地盯着它们。如果没有它们，你有时很难意识到天气竟是如此炎热。不是蔚蓝的天空，也不是镜面般河水的反光，却是你在正午看到的紧紧聚作一团的、泡沫般的白帆，会突然让你感到太阳在燃烧，用手抹一把汗湿的额头，急切地寻找阴凉处。

（摘自《在轮下》，1905—1906）

§

白云

看啊，她们又飘浮着
像被遗忘的美丽歌谣的
柔和旋律
贴着蓝天远去！

没有心灵能够理解她们，
那些没有通过远行
对流浪者所有痛苦和喜悦
有深刻了解的心灵。

我喜欢白色、松散的云
像太阳、大海和风，
因为她们是无家可归者的
姐妹和天使。

§

八月

那是夏天最美丽的一天，
在宁静的房子前
在芬芳和甜美的鸟鸣中
他就这样轻声宣告一切已最终落幕。

在这个时刻
夏天从他满盛的号角里
将金色的泉水纵情倾洒在红色的光辉中
庆祝他的最后一夜。

（1899）

§

现在已是盛夏时节，几个星期以来，窗外高大的夏玉兰树已经进入了花期；它是南方夏天的象征，它开花的方式看似漫不经心、沉静缓慢，实际上却是迅速而丰饶的。这些雪白的巨大花萼，无论何时，都只有少数几朵，最多八朵或十朵一次性同时开放，因此在两个月的花期里，这棵树实际从外表看总是一样的，这些极为美丽的巨大花朵生命非常短暂：一般不会超过两天。大多是在清晨时分，它们会从淡绿色的蓓蕾中开出，纯白的花朵飘浮着，显得那么神奇而虚幻，像雪白的阿特拉斯山脉一样反射着阳光，整整一天，它们青春且亮丽地悬浮在乌亮坚硬的常青树枝叶间，然后在不知不觉中开始变色，边缘变黄，失去了原有的形状，带着令人动容的屈服和疲惫的表情衰老，而这衰老的过程也仅仅只持续一天。然后，白色的花朵已然变成了淡淡的肉桂色，昨天还像阿特拉斯山脉一样雪白的花瓣，今天感觉像精致、柔滑的麂皮：一种梦幻美妙的织物，像呼吸一样轻柔，但又有坚实甚至粗糙的质地。就这样，我的大玉兰树日复一日地绽放着纯洁、雪白的花朵，但看上去总是同一副模样。一股细腻、沁心、可人的香气，让人想起新鲜柠檬，但更甜津津，从花朵飘进我的书房。

夏天的大玉兰树（不要和北部地区很常见的春玉兰混淆）并不总是我的朋友，尽管它很美。在有些季节里，我会带着疑虑甚至敌意来看待它。它不断生长，在与我为邻的十年间，它伸展得过于庞大，以至于在

春秋季的几个月里，遮蔽了阳台上本已稀疏的晨光。他已经成了一个巨人；在他蓬勃、茂盛的生长过程中，我常常把他当成一个快速长高，毛糙且略微瘦弱的男孩。而现在，正当盛夏花期，它庄严地矗立着，充满了温柔的尊严，在风中摇曳着坚硬、闪亮、仿佛上了漆的叶子，小心翼翼地呵护着它娇嫩、过于美丽、过快凋谢的花朵。

与这棵开着硕大白花的大树形成对比的是一棵矮小的树木。它栽种在我阳台的一个花盆里。这是一棵粗壮的矮树，是柏树的一种，还不到一米高，但差不多已有四十岁的树龄了，是一个长满节疤、自信满满的小侏儒，有点亲切，又有点滑稽，充满尊严，又古灵精怪、引人发笑。他是我最近才收到的生日礼物，这会儿他站在那儿，舒展着个性的枝条，这些只有手指长的枝条仿佛被几十年的暴风雨折磨得虬曲不堪，他满不在乎地瞧着对面的巨人兄弟，而后者的两朵花便足以遮住这个庄重的侏儒。他却不以为意，似乎并不在意这个粗大的巨人兄弟，而后者的一片叶子就有他所有树枝一般大。他身上有一种奇特的雄伟感，他深思着，完全沉浸其中，显得那么年老，就像人类世界的侏儒那样，给人一种难以言喻的古老和永恒的感觉。

　　由于夏天的酷热，我们已经被困住好几个星期了，我几乎无法外出。我将百叶窗紧闭，在几个小房间里饮食起居，以巨人和侏儒这两株树为伴。在我看来，巨大的木兰花是一切生长和旺盛繁殖的象征，是一切顺应本能和自然的悠闲自在生活的呼唤。毫无疑问，沉默寡言的侏儒属于相反的一极：他不需要那么多空间，他不挥霍，他努力追求强度和持久，他不是自然而是精神，他不是本能而是意志。亲爱的侏儒，你是那么古怪而谨慎，坚韧而古老！

　　健康至上，崇尚效率和轻率的乐观主义，谈笑间拒绝触及深层次的问题，怯懦地回避尖锐的质疑，享受当下的生活艺术——这是我们时代的口号，希望以此方式来掩盖世界大战的沉重记忆。过度的无忧无虑，模仿美国明星稚气的装扮，过度的愚蠢麻木，让人难以信服的幸福和灿烂笑容（微笑①），这些都是乐观主义的风气。每天都用灿烂的鲜花、电影新星的照片、创纪录的数字来粉饰。所有这些伟大都是瞬间的，所有这些照片和数字只会持续很短的时间，之后便无人

---

①原文为英语，smiling。——译者注

问津，因为总有新的代替。这种过于夸大、愚蠢的乐观主义，将战争、苦难、死亡和痛苦解释为只存在于人们想象中的蠢事，拒绝关心任何忧虑或问题——这种以美国为典范、脱离生活的乐观主义，刺激了我们的思想，迫使它走向这般极端夸大、加倍的批判、更深的疑难，以及对整个树莓色儿童世界观充满敌意的否定，就像在流行哲学和画报里所反映的那样。

就这样，我坐在这两位树木邻居中间，一位是生机勃勃的美妙玉兰树，另一位则是脱离物质、精神化的奇异侏儒，观察着这场对立的表演，思考着，在炎热的天气里打一会儿盹，抽一会儿烟，直到傍晚到来，森林送来凉爽的气息。

（摘自《对立》，1928）

§

盛夏

远天碧蓝澄澈
清朗而超凡脱俗
那甜美的魔法氛围，

唯独九月才能营造。

成熟的夏天一夜之间
想为盛宴给自己着色，
当一切都在完满里微笑
心甘情愿地等待死亡。

灵魂啊，将你自己从时间中抽离，
从忧虑中抽离吧
为飞入期盼的黎明时刻
做好准备。

§

旧公园

老旧破碎的残垣断壁，
缝隙中布满青苔和矮蕨；
透过黑色的紫杉闪烁着
太阳耀眼的光火。

公园外，八月沸腾而灼热；

在这个长满苔藓的隐秘处
黄杨树篱散发着香味，
丁香的红色像血液一样将它滋润。

黑色潮湿的土壤肥沃而富饶
在香草下蕴藏，
地表却是纷乱细小的枝条
憔悴而苍老。

在生锈的门闩后面
沉睡着轻声低语的传说和歌谣，
大门守护着，以免有人胆敢
开启它秘密的封印。

§
夏季信件

1

尊敬的黑塞先生：

这一次我是在海拔1100米高的山区给您写信,我决定在这种酷热的天气里与您保持通信，想必您会因此给予我高度的赞赏。然而无论如何，请允许我对您上一封来信表示感谢。我们的想法永远无法一致，我生怕您对我们这些可怜教师的过分反感，会使您对我们之间能否达成想法一致也并不抱有期待。

我受够了这些事情！现在是暑假，就让所有这些问题暂且搁置吧。但有一点我与您和每个人都深有同感，那就是对今年夏天真正的、地狱般的高温感到惊讶。即使在这里的山区，炙热的阳光也会摧毁所有的力量和进取心，这对贫穷的农民来说更是糟糕，你对他们也一直心怀关切。我一个在报社工作的表兄前天算出来，仅在士瓦本和弗兰肯地区，今年的干旱便已经造成，或者说即将造成近400万的损失，而一次丰沛的降雨尚可挽回许多。不幸的是，人们似乎是指望不上如此一场降雨了，因此我们只能耐心地顺从。我安慰自己，您在博登湖生活要比这热得多。当然，您也因此多了美妙的沐浴机会！

每一次短途出游，都能听到农民的抱怨，他们受到了严重的损害，这实在令人心生怜悯。我们这些长期以来一直渴望远离城市来到乡村躲避酷暑的人，总是羡慕村民；但今年，大家都真心为他们感到难过。昨天，房东给我看了两棵漂亮年轻的李子树,它们都快死了,饲料的情况自然也令人非常悲观。尽管存在各种人类中心主义的想法,但大自然是公平且残酷的,除了人类的,它还有其他的意图。

如果能时不时收到您的来信,我将万分高兴。您亲切的老对手在此向您致以最美好的祝愿。

尤利乌斯·克纳耶

2

尊敬的校长先生:

谢谢您亲切的来信。这两棵年轻的李子树真令人惋惜啊!但您的房东不会把这损失放在心上的,因为天气如此美好,他肯定迎来了一屋子的夏日访客。

遗憾的是,我必须承认,您的友好来信,就像您几乎所有的宝贵意见一样,仅仅再次激起了我的批评和直截的异议。大自然是残酷的,我也听到有人这么说,但这是典型的人类中心主义观点,我不相信大自然有任何目的。它存在,就在那里,活跃着,我们属于自然的一部分,当我们思考"自然",并把它当作陌生和敌对的东西时,我们错了。

亲爱的校长先生，我知道，您很信赖您的表兄，我也毫不怀疑他做出的贡献。但我对他计算的损失却不以为然。去年，他计算出因为潮湿天气带来的损失要高得多，所以今年应该会有少量盈余？您的表兄是基于标准年份来计算的，这些年份除了在他的脑袋或笔记本里，根本就不存在，我想那些结论是相当武断和具有误导性的。某些树木和田地或许会因为高温而不结果实，但也可能它们原本就不结果实，所以实际情况并非那么可怕。今天有一辆汽车从我家经过，恰好有一个富裕的美国人从车上下来，把我当作一个远房表亲那样问候，并送给我两百塔勒作为礼物。但实际上没人从车里下来，于是我今天损失了两百塔勒，这还不算花园里的灰尘。

您看，尽管您有万般好意，我们仍将永远是"对手"。这并不因为您是一位教师；因为我认识不少教师，我很尊敬他们，而且和他们成了非常好的朋友。而是出于完全不同的原因。例如，最主要是因为您总是有东西可以抱怨和指责。几个月来，您一直热切地希望暑假能有好天气，现在老天出色地实现了您的愿望，您却只知道抱怨。您出门的时候，看到的仅仅是有焦枯的草地、将死的可怜果树或马铃薯苗株。您难道不曾看到山脉和冰川，溪谷和岩壁吗？难道您没有发现它们比这么多年来任何人所看到的都更清晰、更明亮、更缤纷吗？但您完全没有提到这些。您总是会遇到那些充满抱怨和不满的人！但愿那位农夫的李子和他的饲料草场一切都好！但您不也看到了，那些病人对太阳感到由衷的高兴，还有孩子们，为这个闪亮的假期而欢呼，甲虫和蝴蝶，蜥蜴和其他太阳的朋友，今年的它们更闪亮、更美丽，也比它们短暂生命中的其他任何时刻都更高兴，不是吗？

我得说，这个炽热的夏天给我带来了极大的快乐，尽管我不在山上，而是在这山脚，尽管我每天要在花园里连续几个小时运水，在这么热的天气里，这并不容易。但这是夏天该有的温暖和明亮啊！我承认，我对秋天的到来感到一丝害怕，因为现在的我习惯了接受如此美好的阳光的照晒，习惯了阳光和温暖的宠爱，我觉得很难提前和它道别，所以我决定溜走，在九月份穿过红海去锡兰和苏门答腊旅行。

现在您又会觉得，这纯粹是我的一种反对精神在作祟。但事实并非如此，我并不会因为看到您一次次地与我持不同意见，或者我站在您的对立面，从而感到某种快乐。您看，您总是处在充满指责和抱怨的地方。您看到的不是闪亮的冰川，而是枯萎的马铃薯地，您不认同那些快乐的孩子、游客和蝴蝶，却认同那些大声诉苦的农民和您那位聪明、危险的表兄！而我对生活的看法是，最好站在孩子和蝴蝶的立场，最好从正确的角度去看待生活和自然，去赞许它的方方面面，甚至当它从我指尖溜走时。我也有神经衰弱，许多个夜晚，当炎热和蚊虫阻止我入睡时，我同样会大声叹息；但我不会出于自身的无力，去试图建立一个体系，并把我的不适作为指责自然的依据。我这样做不是出于道德或任何理论，而是因为这种与自然的对立毫无价值，因为我们无法在任何地方影响自然。人唯一能影响和支配的也许只有他的意志，即使这点也颇可怀疑。尽管如此，我试图运用我所拥有的一点点自由，将大自然的意志变成我自己的意志，想象降雪或酷热就是我意志运作的结果。我不会与自然在我头顶之上所做的事和它允许发生的事进行抗争，我与之抗争的是自己身上想要违背这个永恒的自然，从而使生活变得更加困难的东西。正是因为这一点，即使是在学校和教育问题上，我们也永远无法达成一致。我承认人类一切可以想得到的权利从而违反自然，他可以利用它、智胜它、操控它，但如果他利用他那微不足道的精神和自由来指责、怀疑它或用任何理论来反对它，我认为这是愚蠢的，为此深感遗憾。我对待悲观主义哲学，如果它们是美丽和慷慨的，就像对待其他美丽而伟大的思想一样表示尊重，但我对实用悲观主义完全不是这样。您深受后一种悲观主义之苦，因此永远不会满足，但您从事的这份美丽而重要的事业实际上恰恰需要以这种实用悲观主义的反面为前提。

我会从苏门答腊再次向您送去问候。我不知道我在那里会怎样；但我愿尽可能赞同那里的一切，只要可能，无论在何处，我都是您忠实而坚定的对手。

（1911）

§

雷雨欲来

雷声像咕咕叫的猫儿一样
在它的小鼓上即兴地玩耍，
有半天时间，时而昏昏欲睡，
时而严肃而恼怒地伸伸前爪。

有时它会让人听到叹息，

这些声音——

距离尚且遥远，而且仅仅只是尝试——

宏伟的末日音乐被唤起，

然后它发出颤音，又轻轻地打起了鼾。

现在它正在练习敲打密集连奏的鼓点，

长久而充满享受地谛听着世间万物，

随后又变化无常地停下来，似乎不再清醒……

而人类、动物和大地都渴望着雨水。

§

三伏天

在布满干枯的金雀花的山坡边，

在褐色的岩石间，在金色的尘埃里，

在变黄的槐树叶中

夏天，是如此热情洋溢地

将自己燃尽直至渐渐平息！

黑色的种子从干瘦的荚中噼啪爆出，

傍晚时分繁星密布

像熟透了的果实一样沉甸甸地垂挂在苍穹，

天空像高热中的脉搏一样跳动

因压抑的雷雨而暗藏汹涌。

在那些刚才还在欢乐的阵雨中

生命被浸润，嬉戏着奔跑的地方，

夏天已经气喘吁吁地朝着山顶的方向

去到高处。他不想持续下去，

他渴望陶醉和牺牲的幸福。

死亡向他呼唤：骑着孱弱的马

他向前疾驰

把筋疲力尽、凋零、燃烧殆尽的大地留在了身后。

叹息着，树叶和草地伸展开来

发出清晰的沙沙声，像玻璃一样叮当作响。

§

这个夏天有一种身处印度般的炙热。即使湖水也早就不再给人以凉快的感觉了，但每天午后晚些时候，都会有一阵风吹向我们的沙滩，在波浪中沐浴完，然后赤身裸体站在风中，让人心旷神怡。这个时候，我经常下山去沙滩。有时我会带着画板和水彩颜料，食物和香烟，在那里待一晚上。

道路狭窄而陡峭，朝着太阳的方向向下延伸，从中午开始，太阳就在山的这一侧火辣辣地晒着。我穿着单薄的亚麻布衣跑下山来，蜥蜴在焦枯的草地上飞奔，个别已经呈金黄色的刺槐枝条散布其间，万物都在燃烧，万物都已经高烧般向死亡和秋天倾倒，沉默、等待、渴望，低垂着脑袋。我穿过沸腾的空气往下跑，紧紧抓着坚硬的金雀花树，看到附近玉米田上方的空气银闪闪地颤动着，感觉到沙石的炙热穿透了我的鞋底，感受着汗水顺着我的脸颊和脖子流淌下来。啊，当到了秋天，到了冬天，当最后一朵紫色的花在十一月的草地上苍白无力地立着，当第一场降雪将光秃秃的山顶染白时，我会多么怀念此时此刻啊！

我全身披挂着炙热的光芒，穿过小树林和荆棘丛，冲向沿湖的街道，拐过围墙，呼吸着随风飘来的湖水、鱼和芦苇的气味。在高大的梧桐树下，在生长在紫色矮壮树干上随风摇曳的白柳下，我沿着色彩斑斓的沙滩漫步；蓝色和深绿色的波浪一阵接一阵地打在发光的砾石上，舔舐着红色和橙色的海滩，在石页岩上流动，和浮木玩耍，在稀稀落落的芦苇丛中噼啪作响。

在水晶般蓝色的湖水的对岸，一座又一座的山峰在浅蓝色雾气中矗立着，越遥远的山峰呈现出越明亮的色调，唤起更芬芳的幻想，而在它们之上，太阳高挂，猛烈地照耀着。我把背包挂在树枝上，脱去衣服，光溜溜的脚底几乎忍受不了滚烫的砾石。我踏入浅水，它和空气一样温暖，只有当我在离岸更远处游泳时，才会有凉爽的感觉，我深深地潜入了深蓝色的深渊。我仰面而躺，久久地漂流着，温热的波浪频频拍打着眼睛和嘴巴，但风是凉爽的，缓慢、轻柔地从我呼吸着的皮肤上吸走了热量。我心满意足地折返，在浅滩的水里翻滚了一会儿，跳起来扑进被阳光烤热的沙子里，如死般久久躺着，让身体再次热起来，再玩一次这个游戏。两次、三次我就这么玩着，先让身体被阳光炙烤，再让身体冷却。生活中所有的激情、辛劳和诱惑，所有的奔走和休憩，燃烧和耗尽，飞驰和松懈都反映在这个游戏中。

深沉的疲倦感洗净了我灵魂中的尘埃，把我的忧虑吹离了脑海。我懒洋洋地躺在地上，咕哝着伸了个懒腰，身体既不觉得炎热，也不觉得凉爽，只觉得疲倦，非常疲倦。有时我会听到一只鸟儿扑扑振翅，一条鱼儿跃出水面，一阵强风在芦苇丛中沙沙作响，有时我会听到说话声、笑声，听到水花四溅，听到赤脚在沙地上奔跑的声音，听到有人从我身旁走过。邻村的男孩和青年都来洗澡。我只是眨眨眼，低声咕哝几句。有一次我抬头望去，看到了那个带着狗的英俊青年。一个年轻的运动员，强壮、漂亮，棕色皮肤，游泳健将，黑发上包着一条红巾，他每天都来这里，带着一只长毛小狗，也许是长毛垂耳狗的一种。他游泳时像水獭一样，头几乎总是没在水里，无论他游到哪儿，小狗总是跟在后面。我看着他游远了，潜入水中，小狗大声吠叫找它的主人，然后他在远处浮出了水面，逗着小狗，拍起水花，和它打斗玩耍。

太阳已经沉下去了，时间过去了很久，也许我已经睡了一觉。我站起身子，拂去大腿上石头和贝壳的碎片，一会儿我感到肚子饿的时候也就该走了。我怀着不快的心情想到了上山回家的陡峭道路。然后我又"回家"了，再次回到了这个世界和时间之中，晚饭在等着我，邮件，报纸，信件，无用的信件，书籍，无用的书籍，还有所有的玩意儿和杂物。非得如此吗？

（摘自《沙滩》，1921）

§

这些天里，尽管天气闷热得令人感到透不过气，我却经常在户外活动。我非常清楚这种美丽短暂易逝，很快它会离我而去，它甜蜜的成熟会突然转变为死亡和枯萎。而面对这幅夏末的美景，我竟变得如此吝啬和贪婪！我不仅想看到一切，感受一切，闻到和品尝这个丰饶的夏天给予我感官的一切；我不知疲倦，被突如其来的占有欲所支配，还想要保留它，把它带入冬天，带入未来的日子和岁月，带入老年。我通常并不热衷于占有，分别对于我来说是件容易的事，我也乐于赠予，但现在我却被一种急于抓住一切的心态所烦扰，有时我不得不对此付之一笑。日复一日，我在花园里、阳台上，在小塔楼的风向标下，一坐就是几个小时，我突然变得无比勤奋，用铅笔和钢笔，画笔和颜料，试图把各个角落盛开着的和即将衰败的财富积攒下来。我煞费苦心地描摹花园台阶上的晨影和粗壮紫藤蛇身般盘绕扭结的形体，我试图模仿夜晚远处山脉的玻璃色泽，它如呼吸般稀薄，却如珠宝般璀璨。然后我非常疲惫地回到家里，等到晚上，我把画纸归

入画册，看到我能够记录和保留下来的东西竟如此之
少，我感到难过。

（摘自《夏秋之交》，1930）

§
晚夏

晚夏仍然日复一日地赠予我们
满是甜蜜的温暖。在伞形花序之上
时而有蝴蝶盘旋着，疲倦地翕动着翅膀
闪烁着万寿菊般金色的光。

傍晚和清晨吐纳着潮润、稀薄的雾，
它的湿气仍然温热。
随着桑树上忽然一丝闪光
一片硕大的黄叶被吹入柔软的蓝色中。

蜥蜴栖息在阳光照射下的石头上
葡萄在树荫下躲藏。
世界仿佛着了魔，着了迷

在睡梦中告诫你去叫醒她。

有时，许多小节组成的乐曲摇摆着
凝固成金色的永恒，
直到她醒来，从魔法中挣脱
回归现状，找回转变的勇气。

我们这些老人站在藤架边采摘
夏日的褐色双手温暖了我们。
白日还在微笑着，还没有结束，
此时此刻，依然为我们坚守，迎合我们。

（1940）

§
晚夏的蝴蝶

蝴蝶纷飞的时刻到了，
在晚夏的凤仙花香中，它们轻飞曼舞。
悄无声息地从蓝色的天幕中飘然而至，
红蛱蝶，红棕色蝴蝶，黄凤蝶

绿豹蛱蝶和珍珠母色蝴蝶，

羞涩的燕尾蝶，"红熊"，

苎胥蝶和小红蛱蝶。

珍贵的颜色，加上毛皮和天鹅绒的装点，

像闪耀的宝石飘浮在空中，

华丽而悲伤，沉默而恍惚，

来自消失的童话世界，

这里的异客，仍蒙蜜露滋润

来自天堂和世外桃源的河谷草地，

来自东方的短命旅客，

这是我们在梦中，在失去的故乡所看到的

我们相信它传达的精神讯息

是崇高存在的担保。

象征着极度温柔和热情洋溢中

所有美丽和转瞬即逝之物，

是在年迈的夏季国王的宴会上

黄金装饰的忧郁旅客。

§

画家带着一张被太阳晒得黝黑的脸，穿着满是尘土的衣服从野外回到家中，此时，盛夏已经凉快下来。他心情愉悦地穿过萨尔茨街，经过家乡的集市广场，找到了他那间同样积满灰尘、无人照管的破败公寓，他做的第一件事就是把那个巨大的锡制植物学罐从行李中拿了出来。这个盒子的内部空间被分为两部分。一部分放着这个浪游客的睡衣、海绵、肥皂和牙刷，另一部分装满大量各式各样神秘的玻璃瓶、软木塞、纸盒、棉包和其他千奇百怪的器具，其中最显眼的是几个用绳子穿在一起的花环，上面挂满了干苹果片。所有这些东西都被画家随意地丢在一边，然后他从大衣和上衣胸袋里抽出更多的盒子，温柔得像珠宝商对待珠宝一样，小心翼翼地用手指拿着，依次打开。

盒子里面，赫然出现的是整个夏天漫游中收获的战利品，用细针固定着的几十只新捕获的蝴蝶和甲虫，劳滕施莱格谨慎地捏着针，一只接一只地把它们举到眼前，转动着进行评估，然后放在一边等进一步处理。此时，在他锐利的目光中会流露出一种男孩的快乐和幸福的童真，没有人会相信这个孤独、常常给人刻薄印象的人会有这样的情感，一丝充满善意和感激的微弱光芒像晨曦一样在他那张瘦削、嘲弄的脸庞上流淌。正如每个真正的艺术家在成就自己想要的艺术过程中

所必需的，劳滕施莱格也保留了一条能穿越他那失意
而飘摇不定的生活中的种种艰难的道路，通过这条路，
他可以在任何时候短暂地回到他童年生长的土地，和
每个人一样，那里对他来说隐藏着早晨的光辉和所有
力量的源泉，每一次他都心怀虔诚地踏入这块土地。
对他来说，那里意味着鲜艳明快的蝴蝶翅膀和金光闪
闪的甲虫外壳上迷人的色彩融合，用记忆的钥匙为他
打开了天堂之门，看到这些的几小时间，他的眼睛就
会恢复童年时代的新鲜感和充满感恩的感受力。

（摘自《在小城里》，1906—1907）

§

画家的乐趣

农田结出谷物，以付出金钱为代价，
铁丝网潜伏在草地四周，
需求和贪婪被构建，
一切看来都已经腐败，被围在墙里。

但在我眼里
万物却拥有另一种秩序，

紫罗兰色化开了，紫红色取而代之，
我吟唱它们充满纯真的旋律。

黄色与黄色相伴，黄色与红色相连，
沉稳的蓝色微微泛出玫瑰色！
光线和色彩在不同世界之间来回摇曳，
在爱的波涛中荡漾着声响。

心灵掌权，治愈所有的疾病，
绿色从新生的源泉发出回响，
世界会布满新生与意义，
内心会变得愉悦和光明。

§

晚夏

再来一次吧，在夏天凋零之前，
让我们来照料花园，
给花浇水，它们已经疲惫了，
很快就将枯萎，或许就在明天。
再来一次吧，在世界

走向疯狂，战火轰鸣之前，
让我们为残存的美好事物
欢欣鼓舞并为之歌颂吧。

（1932）

§

在夏天的几个月里，我的主要工作不是文学，而是绘画，因此，只要我的眼睛允许，我便相当勤快地坐在我们这片美丽森林边缘的栗子树下，用水彩画下生机勃勃的提契诺州的山丘和村庄。早在十年前，我就自负地认为世界上没有人会比我更熟悉它们，而之后我对它们的了解也变得更加详尽。我的画册越来越厚，就像每年在缓慢而不知不觉中，田野变得更黄，清晨变得更冷，傍晚的山峰变得更紫一样，我也不得不在绿色中掺入越来越多的黄色和红色。忽然间，谷子地变得空荡荡的，我需要埃及棕和茜草红去描绘红色的土地，而玉米地则是金色和淡金黄色的，现在已经是九月了，有着清澈明朗天气的夏末开始了。其他任何时候都不会像这几天这样，使我如此强烈地感受到短暂性的召唤，在一年当中的其他任何时候，我也不会如此贪婪地畅饮大地的色彩，同时又如此小心翼翼，就像一个酒鬼正喝下最后一杯珍贵佳酿。在绘画方面，我是有一些雄心壮志的，我取得了一些小小的成功，卖出了几幅画，而且一份德国月刊同意让我为一位作家描写提契诺州风景的文章绘制插画，我已经看到了插画的印刷件，也收到了稿费，我喜欢玩味这种想法，也许我幸运到可以完全摆脱文学，用合乎心意的绘画手艺来谋生。那些日子是美好的。但现在，当我的双眼在快乐中因过度疲惫而无法继续作画时，我开始从诸多迹象中感觉到了明显的秋意，内心的不安开始占据我。如果我现在的生活正处在逐渐衰弱的状态中，如果我决心转换、改变和旅行，那么再等下去就没有意义了。

（摘自《纽伦堡之旅》，1925）

§

亲爱的朋友！

无论这个夏天是多么的非同寻常，也终将迎来结束的一天，山脉已经显露出特别清晰的轮廓以及九月特有的那种通透、稀薄的甜美蓝色；清晨的草地已经再次因潮湿而变得厚实，渐渐可以察觉到，樱桃树叶间透出了紫色，槐树叶间透出了金黄色。即使在美因河以北的因纽特人地区，今年夏天也相当温暖，您可以想象，我们在南方也不会挨冻。如果那个美好的理论是真的，即人们在炎热的月份比在冬天更少遭受痛风和坐骨神经痛的折磨，那么这个夏天我的身体本应该很好才对。可惜，这个理论根本就不是真的！

尽管天气炎热，疾病缠身，起码我现在依然有夏天为伴。我享受过那种无法被身体疼痛损害的幸福，那是我们这类人最好的也是唯一的幸福：坐定工作，有所创作，富有成效。我目前正在创作的作品，无法让您知道，若干年后我们会谈论它的。我总是钦佩和羡慕那些被消息灵通的报刊年复一年报道的诗人："我们伟大的戏剧家，X先生，目前正在莱茵河畔的庄园里创作一部喜剧，其主题是……"如果有一天这种事情发生在我身上，我的一首诗尚在创作中，题目和内容却已经被报纸知道并公开了，我想我会把所有稿纸丢进壁炉，付之一炬的。总之，在我身上很容易发生这样的事情，几周甚至几个月来心爱且重要的作品突然对我失去了魔力，我就会把它丢到一边，最终将它销毁。

是啊，炎热的那几周已经过去了，可以忍受，也并非没有收获。我还是读到了一些优美的作品，其中最美好的是在八月中几个温暖的夜晚，安静地重读施蒂弗特的《野花》。还有一些新书我把它们堆在一旁，它们是出版商寄来的包裹里剩下的，是一些值得保存的好书，我列举出来，您肯定会感谢我的……

在夏季行将结束的时候，天空有一种清澈感，我愿称它为"风景如画"，只要画家们不会将"风景如画"理解为容易入画。然而，这种清澈感是特别难画的，却无休无止地吸引着我用画笔去把握、赞扬它，从没有一种颜色具有如此强烈而神秘的亮度，从没有一种阴影具有这般温柔却不会变得稀薄，自然界中从没有比现在更美丽的颜色，万物已充满秋天的预感，但真正的秋天尚未开启，到那时，色彩总有些许耀眼和浓烈。然而，今年最鲜艳夺目的花朵正在花园里绽放，这儿、那儿，石榴花仍然盛开着，还有大丽花、百日菊、紫菀和迷人的灯笼海棠！百日菊却是夏天和初秋斑斓色彩的缩影！我总在房间里放上一束，幸运的是它们能保存相当久，我全程关注着这束百日菊从最初的鲜嫩到枯萎的转变，心中的幸福感和好奇心是无与伦比的。

在花的世界里，几乎没有什么比一打新剪下的不同颜色的百日菊更闪耀和健康的了。它们随着光线闪烁，它们的色彩仿佛在呼喊。最明亮的黄色和橙色，最耀眼的红色和奇异的红紫色，这些颜色往往接近天真的乡下女孩在礼拜日穿的礼服的颜色——您可以根据您的喜好组合这些颜色，将它们拼在一起，它们总是美丽的，总是不仅强烈、明亮，而且还互相接纳，互相亲近，互相激发，互相增强。

我和您说的这些并非新鲜事。我不会幻想是自己发现了百日菊。我只是告诉您这些花的迷恋，因为这是我在很长一段时间内所拥有过的最愉快、最怡人的感受之一——这种迷恋，也许带点老态，但绝不软弱无力——尤其会被这些花朵的凋谢所激发！看到百日菊在花瓶里慢慢褪色和死去，我体验到一种死亡之舞，一种对于短暂性的悲喜参半的赞同，因为最短

暂的恰是最美丽的，因为死亡本身可以如此美丽，如此绽放，如此可爱。

亲爱的朋友，看一看吧，这一束放了十天的百日菊！您可以观察到，即使在一周或者更长的时间里持续褪色，它美丽依旧，您每天仔细地观察几次吧！您会看到，这些花朵在新鲜的时候有着您能想象的最华丽、最旺盛、最令人陶醉的颜色，现在却披上了最倦怠、最温柔、最微妙的色调。前天还是橙色，今天却变成了橘黄，明天又会变成表面覆盖着一层薄薄青铜色的灰色。这种乡间令人欣喜的紫红色正慢慢被一种与阴影相反的苍白所覆盖；这儿、那儿，随处可见倦怠的花瓣边缘带着温柔的褶皱卷曲着，显出一种柔和的白色，或显出一种无以言表的动人、忧伤的灰粉色，就像人们在曾祖母完全褪色的丝绸织物上或古老而模糊不清的水彩画中所看到的那样。朋友，您也要好好留意花瓣的背面！在这背光面，在花茎弯曲时，通常可以非常清楚地看到这种颜色的变化，这种升华、超越死亡进而达到更具灵性的状态的过程，甚至比花冠本身更具芬芳、更令人惊叹。色彩在这儿幻想，它们通常是花卉世界中所没有的，稀有的金属、矿物色调，灰色、绿色、青铜色的变种，这些颜色一般只能在高山岩石上或苔藓和藻类的世界中找到。

亲爱的朋友，您欣赏这样的事物，就像您欣赏珍贵佳酿的独特气息或美丽女人肌肤上的茸毛一样。我没有因为拥有比拳击手更细腻的感官和更富有情感的体验而被您嘲笑是多愁善感的浪漫主义者。像我们这样的人已经变得很少了，亲爱的朋友，我们正在消失。试试吧，给一个当代的美国人——对他来说，会使用留声机就是懂音乐，一个大额美元账户和一辆马力强劲的汽车就已算是美丽的世界——给这样一个"半人"上一堂艺术课，让他见证一朵花的凋谢，见证从粉红色到浅灰色的变化，见证世界上最有活力和最不可毁灭的事物，见证所有生命和美丽的秘密！您会感到惊奇的。

（摘自《夏末的花》，1928）

§

八月末

再一次，夏天重获力量，
我们本已放弃希望；

它发光，仿佛将自己浓缩进了更短的时日内，
它标榜，以晴空中闪耀的太阳为资本。

也许人奋斗到最后时也是如此，
当他在失望中隐退，
再一次，突然间对浪涛产生信念，
勇敢地纵情余生。

无论他是否在爱情上挥霍自己，
无论他是否为晚年的工作做好准备，
在他的行为中，在他的快乐中
他对结局的认识如秋天一样清晰而深刻。

§
夏天老去……

夏天老去，疲惫不堪，
低垂他无情的双手，
目光茫然地扫过大地。
现在已经结束了。
他挥洒了他的火种，

燃尽了他的花朵。

当一切都走到了最后
我们疲惫地回首，
颤抖地对着空荡荡的双手呵气，
怀疑，是否曾有过幸福
曾有过过错。
我们的生活已属于遥远的过去，
模糊如我们读过的童话。

很久以前夏天把春天赶跑，
知道自己更年轻强壮。
现在他点头微笑。这些天来
他想到了一种全新的乐趣：
别无所求，放弃一切，
沉沦下去，让苍白的双手
任由冰冷的死亡包裹，
不再聆听，不再观看，
沉沉睡去……不复存在……永远消逝……

§

对我来说，这一年充满了礼物、庆典和内心体验，但也塞满了辛劳和工作，在今年这个无与伦比的夏天接近尾声的时候，它开始失去了那种亲切、友善、快活的心情，开始感到沮丧、愤怒和不快，甚至感到厌倦，有了死亡的意愿。一个人在夜晚最明亮的星空下入睡，早上迎接他的有时却是稀疏、灰暗、疲惫和病态的阳光，露台是湿的，散发着潮湿的寒气，天空中松软无形的云层垂入山谷深处，似乎随时会降下一场新的倾盆大雨，而世界刚刚还在夏天的充沛与安定中呼吸，如今却闻到了秋天那腐烂和死亡的气息，尽管树林，甚至草坡通常在每年的这个季节不是焦黄色就是棕黄色，但它们仍然保持着坚实的绿色。我们的夏末虽然依旧精力充沛、值得信赖，但他已经病了，已经变得疲惫，变得喜怒无常，或正如他们在斯瓦比亚语中所说，"牢骚满腹"①。但他仍然活着。几乎每一次的软弱、放弃和愤怒都伴随着反抗和复苏，想要努

————————————

① 原文为 mauderte (maudrig)，斯瓦比亚语，对应德语 kränkelnd, betrübt, quengelich，为体弱多病的、悲哀的、发牢骚的之意。——译者注

108

力回归前日的美丽，这种往往只持续几个小时的复活有一种特别动人、近乎忧心的美，是一种美化了的九月的微笑，夏天和秋天、力量和疲劳、生存的意志和衰弱奇妙地混合其中。在某些日子里，这种夏日的老年之美做着缓慢的抗争，在呼吸之间，在精疲力尽的间隙，它踌躇着，以极其清晰的、细腻的光线征服了地平线和山峰，到了晚上，世界和天空躺在平静、安宁的欢乐中，凉爽清澈，承诺会带来更多明媚的日子。但一夜之间，一切又都失去了，早晨，风裹着厚重的雨帘一扫而过，留下一片淅淅沥沥的风景，昨晚欢欣而充满希望的微笑被忘却了，芬芳的色彩被抹去了，昨日抗争后赢得的光明的勇气和胜利的情绪淹没在疲惫中，再次熄灭。

(摘自《秋天的体验》，1952)

§

铭记在心

山坡上石楠花开了，
金雀花枝像扫帚一样伸出着。

谁还记得，五月的森林
曾笼盖着一层蓬松的绿色？

谁还记得那时乌鸦的歌声
布谷鸟的呼唤？
那动人的音乐，
已被遗忘，被错唱。

夏日森林里的夜宴，
远处悬挂在群山上空的满月，
谁曾将它们写下，谁曾将它们记录？
一切都已成过去。

很快你和我
也不会再有人认识或被说起，
居住在这里的其他人，
不会想念我们。

我们会等待夜晚的星辰
等待第一场雾的到来。
我们欣然绽放然后凋谢
在上帝的大花园里。

§

啊，八月的最后几天！它们不会使你快乐，但会
使你感激、宽容和思考。人们躺在草地上，融入这段
金色时光的温和与柔情中。人们感觉到这个季节即将
结束；夏天所有成熟的甜美柔和而疲惫地满溢出来，
人们感到自己被安静的光芒所包围，同时，人们知道，
很快，非常快，小径会铺上红叶。人们陶醉于这些日
子里的种种景观，就像享受热烈、刺激的音乐一样，
而他们知道这音乐会突然中断，也像享受舞蹈一样，
这舞蹈用迫切的渴望吸引着我们，同时，我们却担心
它随着每一个流逝的小节匆匆接近终点。在森林边缘，
阴影与灯火间褐色的嬉戏更显温柔和亲密，在光滑的
湖面上，彩虹的芳香更加甜美，傍晚日落时分，天空
比往常更金光闪闪，云彩比往常更紫。

(摘自《秋天伊始》，1905)

111

§

离去的青春

疲倦的夏天低垂了头
看着湖中的灰黄的倒影。
我疲惫地漫步，沾满尘土
在林荫大道的暗处。

穿过杨树，风轻轻地吹，
在我身后是红色的天空，
而在我眼前的是对夜晚的惶恐
——还有黄昏——还有死亡。

我疲惫地漫步，沾满尘土，
青春在我身后犹豫地停住了脚步
垂下了美丽的头颅
今后不愿再与我同路。

§

枯叶

每朵花都会结成果实，
每一个清晨都会变成夜晚，
永恒不存在于尘世间
除了变化，除了逃离。

即使是最美丽的夏天
最终也会感受到秋天和凋零。
叶子，请耐心地静止不动，
直到风想把你带走的时候。

玩耍吧，不要抗拒，
任它静静地发生。
让折断你的风，
带你回家。

§
夏天尾声

　　这是阿尔卑斯山南麓一个美丽、灿烂的盛夏，两个星期以来，我每天都因它行将结束而感到隐隐恐惧，我把这种恐惧看作一切美丽事物的附属品和一味最浓烈、隐秘的调味料。我特别害怕每一次哪怕最轻微的雷雨的预兆，因为从八月中旬开始，任何一场雷雨都很容易失去控制，能持续好几天，紧接着就是夏天的结束，即使天气恢复如初。

　　尤其在南方，这里几乎总是遵循着这条法则，盛夏的脖颈被这样的雷雨折断，在燃烧和震颤中，无奈地迅速熄灭，走向死亡。然后，在某个早晨或下午，当这场长达数日的狂乱的雷雨止息后，当数不清的闪电、音乐会般无休止的雷鸣、疯狂倾泻的温暖暴雨都消失殆尽后，凉爽、温和的天空从糊状的云层中透出来，盈溢着最幸福的色彩，万物染上了秋意，风景中的阴影变得更黑、更锐利，像是用轮廓取代了色彩，就像一个五十岁的人，昨天看上去还精力充沛、生气勃勃，在经历了一场疾病、一阵悲伤、一次失望之后，脸上突然布满了细纹，在所有的褶皱中都有了细微的

风吹雨打的痕迹。

这种夏末的暴雨是可怕的，夏天的垂死挣扎也是恐怖的，尽管它对死亡的宿命感到强烈厌恶，尽管它的愤怒充满疯狂的痛苦，尽管它挣扎和反抗，然而这一切都是徒劳的，必然会在几次盛怒之后无奈耗尽。

今年，盛夏似乎没有选择以那种狂野的、戏剧性的方式结束（尽管仍有这可能）；这一次，它似乎想温柔、缓慢地年老而死。没有什么比这些日子更有特色的了，没有什么比在散步后或在乡村晚餐后回家时的深夜更能让我深刻感受到这种独一无二、无限美好的夏末气氛了：在一家树荫庇覆的森林酒馆里与面包、奶酪和葡萄酒为伴。这些夜晚的特点在于随着热气的消散，凉意悄然渐生，还有夜间的露水，以及夏天无声、无限柔韧的躲避和反抗。日落后的那两三个小时，你能从路上无数细微的气浪中感觉到这种抗争。之后，在每片密林中，每个灌木丛中，每条山谷小路上，白天的热量仍然凝聚在一起，躲藏着，整个夜晚都顽强地保持着自己的生命力，寻找每一个空穴，每一处避风点。在山丘傍晚的几小时里，森林是巨大的储热库，四周都被夜晚的寒意啃噬着，每一处地面沉降，每一条溪流，不仅如此，还有森林的每一种林木的类型和稠密度，都在温暖渐变的层次中准确且无比清晰地向漫游者呈现着自己。就像一个滑雪者穿越山地时，可以通过膝盖的摇晃仅凭感官感受到整个地形的构成，包括每一个起伏，每一条纵向和横向的脉络，因此，经过一些练习，他可以在下降时通过膝盖的感受读出山坡的整个画面，我就是如此在这无月之夜的深邃黑暗里，从细腻的热浪中读出风景的画面。

我踏进一片森林，没出三步，就有一股迅速增强的热浪扑面而来，它仿佛是从一个温存而炙热的炉子里散发出来的，我发现这股热浪会根据森林密度的变化增强或减弱；每条空荡荡的小溪，虽然早已干涸，但土壤里仍存留的潮气，通过散发凉意来宣告自己的存在。在每个季节，不同地势处的温度都是不同的，但只有在盛夏过渡到初秋的时候才能如此强烈和清晰地感受到这些差异。就像冬天光秃秃的山上的玫瑰红，像春天空气中和生长的植物体内丰富的湿气，像夏初萤火虫在夜间簇拥，当夏天快结束的时候，这种在变化的热浪中的独特夜行，是对情绪和生活态度最具强烈影响的感官体验之一。

昨晚，当我从林中酒馆走回家时，在通往圣阿邦迪奥公墓的山谷小路路口，草地和湖谷的潮湿凉意向我迎面袭来！森林那令人惬意的温暖被我留在身后，羞涩地躲在刺槐、栗树和赤杨下！森林是如何抵抗秋天的，夏天又是如何对抗死亡的宿命的！同样，在人生的夏天逝去的时间里，人们要保护自己，抵御枯萎和死亡，抵御外界与自己血液中寒意的侵袭。他再一次热忱地使自己投身于生命中的小冒险和乐章里，投身于表象世界千万种美丽的事物中，投身于温柔的色彩之雨，投身于云朵飘忽不定的影子里，微笑着不安地抓住那最短暂易逝的事物，看着它死亡，从中领会恐惧，汲取安慰，战栗地学习死亡的艺术。这是青年和老年的分界线。有些人在四十岁或更早的时候就已经跨过了这条界线，有些人在五十岁或六十岁的时候才感觉到它的存在。但情况总是一样的：开始引起我们兴趣的总是别的艺术而非生活的艺术，开始让我们关心的不是人格的形成和完善，而是它的退化和解体，突然间，几乎只在一天之间，我们感到自己老了，对青年人的思想、兴趣和情感感到陌生。正是在这些过渡的日子里，像夏天的消逝和死亡中那类微小、温柔的景象就能够俘获并打动我们，使我们内心充满惊奇和战栗，使我们颤抖，使我们微笑。

森林已经褪去昨日的绿色，藤叶开始泛黄，叶下的浆果已变成了蓝色和紫色。傍晚时分，山脉呈现出紫罗兰色，而天空则是临近秋天时的翡翠色调。然后呢？然后，在石洞里度过夜晚的时光又会结束，在阿尼奥湖游泳的下午会结束，坐在户外栗树下作画的日子会结束。如果一个人能重拾心爱且有意义的工作，回到自己心爱的人身边，返回某个故乡，那么他是幸福的！那些没有这类体验的人，那些幻灭的人，会在寒冷来临之前钻到床上，或者通过远行逃离，用漫游者的眼睛观察那些有故乡、有社区并对自己所从事的职业和岗位有信念的人，观察他们是如何工作、努力和操劳的，以及在他们所有的美好信念和劳顿之上，下一场战争、下一次变革、下一次覆灭的阴云正缓慢而不为人察觉地酝酿着，只有无所事事者，失去信仰、彻底失望的人才能看见这些——还有那些已老去的人，已经用他们这个年龄对苦涩真相微弱、温柔的偏爱替代已失去的乐观主义。

我们这些老人观察着世界如何在乐观主义者挥舞的大旗下一天比一天完美，各个民族如何觉得自己越来越神圣和无瑕，越来越感到具有行使强权和以愉悦的方式进行攻击的资格。比如在艺术、体育和科学领域，新的风尚和新的明星层出不穷，他们的名字闪闪发光，报纸上高唱着最高级的赞美之词，好像一切都因生命、温情、热忱，强烈的生存意志，醉人的不死意志而熠熠生辉。一波又一波的浪潮像提契诺州夏季森林中的温暖的气浪一样炽热。这生命的奇观永恒而强大，虽没有内容，但永久运动，永久抵抗死亡。

再次进入冬季之前，还有许多美好的事等着我们。淡青色的葡萄会变得柔软而甜蜜，年轻的男孩们会在采摘时唱歌，戴着彩色头巾的年轻女孩们会像美丽的田野之花一样站在泛黄的葡萄叶间。还有许多美好的事等着我们，许多今天对我们来说看似痛苦的事情，等我们有一天更好地学习了死亡的艺术，就能品尝到它们的甘甜。在这之前，我们仍期待着葡萄成熟，栗子从树上落下，期待享受下一场满月，虽然我们已明显老去，但在我们眼里，死亡依然相当遥远。正如一位诗人所说：

> 精彩是留给老人的
> 红色的炉子和勃艮第酒，
> 最终是一场温柔的死亡——
> 但迟一些吧，今天还未到时候！

（1926）

120

本书画作

封面&第59页：窗外风景（1928.8.15）

扉页：科蒂瓦洛①（1923.8.21）

第11页：白房子（1925.7.11）

第27页：斜坡上的房子（1922.8.12）

第41页：阿格拉（1923.8.8）

第73页：诺兰科②（1922.7.1）

第85页：屋顶上的风景（1927.8.30）

第103页：博斯科（1923.7.23）

第115页：我的村庄（1923.8.4）

---

①科蒂瓦洛（Cortivallo）是瑞士提契诺州卢加诺市韦齐亚的一个乡镇索雷尼奥（Sorengo）下的一个小村庄。——译者注
②诺兰科（Noranco）是瑞士提契诺州卢加诺市的一个村庄。
——译者注

书目

全书文本选自赫尔曼·黑塞：《黑塞全集》
(*Sämtliche Werke in zwanzig Bänden und einem Reg-
isterband*，共二十卷，附索引一卷)，由福尔克尔·米
歇尔斯 (Volker Michels) 编辑，苏尔坎普出版社
(Suhrkamp Verlag)，2000—2007。

图书在版编目(CIP)数据

黑塞四季诗文集. 夏 /(德)赫尔曼·黑塞著绘;
(德)乌尔丽克·安德斯编;楼嘉译. -- 杭州:浙江文
艺出版社,2024. 8. -- ISBN 978-7-5339-7638-5

Ⅰ. I516.15

中国国家版本馆CIP数据核字第2024YS9832号

策划编辑	沈 逸		封面设计	山川制本 workshop
责任编辑	周 易 沈 逸		内文版式	吕翡翠
责任印制	吴春娟		数字编辑	姜梦冉 诸婧琦

黑塞四季诗文集:夏

[德]赫尔曼·黑塞 著绘　　[德]乌尔丽克·安德斯 编　楼嘉 译

出版发行	浙江文艺出版社
地　　址	杭州市环城北路177号
邮　　编	310003
电　　话	0571-85176953(总编办)
	0571-85152727(市场部)
制　　版	浙江新华图文制作有限公司
印　　刷	浙江海虹彩色印务有限公司
开　　本	787毫米×1092毫米 1/32
字　　数	63千字
印　　张	4
插　　页	4
版　　次	2024年8月第1版
印　　次	2024年8月第1次印刷
书　　号	ISBN 978-7-5339-7638-5
定　　价	52.00元